KB041297

레벌루션 No.3

레벌루션
No.3

가네시로 가즈키 지음
김난주 옮김

문예춘추사

차
례

레벌루션 No.3

내가 다니는 고등학교는 신주쿠 구에 있다.

신주쿠 구에는 무슨 영문인지 유명한 인문계 고등학교, 예를 들면 총리대신을 배출한 사립대학의 부속고등학교, 도쿄 대학 진학률이 어처구니없이 높은 데다 고급 관료를 줄줄이 배출한 도립고등학교, 게다가 지체 높은 집안 자녀들이 다니시는 여자고등학교 등이 모여 있다.

내가 다니는 고등학교는 1963년에 역도산을 찌른 야쿠자의 똘마니 같은, 일부 마니아나 반가워할 유명 인사를 배출한 것을 마지막으로 총리대신이나 고급관료는 물론 지체 높은 집안과도 전혀 무관하다. 그러니까 신주쿠 구에 뭍의 고도처럼 유일하게 존재하는 전형적인 삼류 남자고등학교다.

무슨 악연인지 유명한 인문계 고등학교 대부분이 우리 학교에서 반경 2킬로미터 안에 있다. 놈들은 이웃사촌인 우리를 '좀비'라고 부른다. 내가 들은 바로 '좀비'라는 별명의 유래에는 크게 두 가지가 있다.

한 가지는 우리 학교의 평균 학력이 뇌사 판정에 버금가는 혈압 수준밖에 안 된다는 것. 요컨대 뇌사 상태인 우리는 학력 사회에서 '살아 있는 시체'에 가까운 존재라는 의미일 것이다.

그리고 또 한 가지. 이쪽은 내 마음에 쏙 든다.

'죽여도 죽을 것 같지 않아서.'

관점을 바꿔 생각하면 우리는 영웅에게 없어서는 안 될 자질을 갖추고 있는 셈이다. 예를 들면 〈레이더스〉의 인디아나 존스, 〈다이 하드〉의 존 맥클레인처럼. 말이 나온 김에 한마디 더 하자. 우리 학교 자체의 별명은 '주라기 공원'이다.

지금부터 하려는 얘기는 그런 우리들의 소소한 모험담이다.

1

점심시간을 알리는 벨이 울렸다. 교단에서는 왕문사에서 '시험에 나오지 않는 영단어 3000'이란 책을 출판한다는 소문이 자자한 영어 선생 이토가 아직도 과거완료에 대해 주절주절 떠들고 있다. 하지만 학생들은 그를 싹 무시한 채 잽싸게 교과서를 책상 안에 집어넣고 점심 먹을 준비를 하고 있었다.

내 오른쪽에 앉아 있는 순신은 교과서 대신 펼쳐놓은 마르크스 아우렐리우스의 〈명상록〉을 덮고 내게 물었다.

"오늘, 히로시 면회 갈 거지?"

내가 고개를 끄덕이자 동시에 왼쪽에 앉은 가야노가 "나도 갈 거야." 하고 말했다. 가야노는 벌써 도시락 뚜껑을 열고 젓가락을 들고 있었다.

"아르바이트 안 가도 되냐?"

내가 가야노에게 물었다.

가야노는 달걀말이를 우물거리면서 까닥 고개를 끄덕이고 "오늘은 늦게 가도 괜찮아." 하고 대답했다.

"밥 먹으러 가자."

순신이 내게 말했다.

평소 같으면 학교를 빠져나가 밖에서 먹는데, 점심시간 중에 해야 할 일이 있는 나는 고개를 가로저었다.

"아기 만나러 가야 돼."

"그러냐, 벌써 그렇게 됐어?"

순신은 겨우 생각났다는 듯 중얼거리고는 피식 웃었다. 오른쪽 눈썹 끝에서 세로로 죽 나 있는 5센티미터 정도의 흉터가 붉게 물들어 있었다.

교실에서 나와 식당으로 갔다. 식당에 들어서서 바로 왼쪽 구석에 놓인 6인용 테이블을 보았다. 여느 때처럼 아기가 앉아 있고, 건너편 자리에는 이미 손님이 와 있었다. 다른 손님의 모습은 없었다. 용건을 빨리 끝낼 수 있을 것 같았다.

우선 카운터에 가서 카레라이스를 받아들고 아기가 있는 테이블로 갔다. 테이블 바로 옆까지 가자 아기가 나를 알아보고 또렷한 얼굴선을 무너뜨리며 녹아내릴 듯 미소 지었다. 건너편 자리에 앉은 손님이 내 쪽을 보고 순간적으로, 뭐야, 넌? 하는 식으로 쏘아보았지만 금방 나라는 걸 알아차리고 고개를 슬쩍 숙였다. 손님은 사와다였다. 두 젖꼭지에 피어싱을 해서 유명해진 2학년짜리다.

나는 사와다 옆자리를 피해 의자에 앉았다. 내가 카레라이스를 먹기 시작하자 거의 동시에 아기와 사와다의 대화가 다시 시작되었다. 잠자코 귀 기울이다 보니 본의 아니게 알게 되었다. 사와다가 한 달 전부터 사귀고 있는 여자 친구가 임신을 했다. 사와다는 당연히 떼라고 할 작정인데 그녀 말이 수술비가 30만 엔이나 든다는 것이다. 물론 사와다에게 그렇게 큰돈이 있을 리 없으니 날치기, 퍽치기 등을 해볼 궁리도 했지만 그럴 만한 배짱이 없었다.

"어디까지나 말이 그렇다는 건데……."

사와다가 다급한 목소리로 말했다.

"가령 내가 계단 위에서 여자를 밀어뜨린다고 해요. 그래서 여자한테는 별일 없었는데, 뱃속의 아이만 죽었을 경우, 나한테 무슨 죄가 있는 건가요?"

아기는 한숨을 내쉰 후 기가 차다는 눈빛으로 나를 보았다. 나는, 뭐라고 대답할래? 하는 뜻의 도전적인 웃음을 아기에게 던졌다. 아기가 험악하게 바뀐 눈빛으로 사와다를 보면서 말했다.

"네가 하려는 짓은 형법 제199조 '살인죄'에 해당한다. 너는 사형을 받든지 무기징역을 받겠지. 특히 태아에 대한 죄는 엄격해서 정상참작도 없을 테니까, 보나마나 사형일 거야."

"사형이요……?"

사와다의 얼굴이 흉하게 일그러졌다.

"그, 그럼 난, 어떻게 하면 좋죠?"

"각막이든 신장이든 팔아서 돈을 만들어야지."

아기는 단호하게 대답했다.

"그런 거 매매하는 사람 아는데, 소개해줄까?"

"안 돼요."

사와다는 그렇게 말하고 울상을 지었다.

"뱃속 아기를 죽일 배짱은 있어도 자기 몸에는 상처를 내고 싶지 않다, 그런 거야?"

사와다의 눈이 젖어들다, 정말 울음을 터뜨릴 찰나에 아기가 말했다.

"오가사와라 섬으로 뜰래?"

"무슨 소리예요, 그거?"

"섬에다 비행장 활주로를 만드는 일. 그러니까 막노동이지 뭐."

"돈이 돼요, 그 일?"

"한 달에 25만 엔은 받을 수 있을 거야."

"5만 엔이 모자라잖아요."

"그 정도는 공갈 협박을 하든 뭘 하든 해서 벌 수 있잖아."

사와다는 잠시 아무 말 없이 생각하고는, 어깨를 축 늘어뜨리고 맥없이 중얼거렸다.

"나, 갈게요."

그 말을 들은 아기는 다이어리 수첩을 펼치고 볼펜으로 쓱쓱 뭐라고 메모를 했다. 그리고 메모한 쪽을 좍 뜯어 사와다에게 건넸다.

"거기다 전화해. 사토 씨한테서 소개받았다고, 그렇게 분명하게 말해, 알았지?"

사와다는 순순히 고개를 끄덕였다. 아기가 손을 내밀었다.

"식권이면 되나요?"

사와다가 미안하다는 듯 그렇게 묻자, 아기는 혀를 끌끌 차면서 고개를 끄덕였다. 사와다가 교복 주머니에서 5백 엔짜리 식권 두 장을 꺼내 아기에게 건넸다.

사와다가 테이블을 떠나자마자 나는 물었다.

"태아를 죽이면 사형이라는 거, 정말이냐?"

아기가 엉거주춤 일어나 나와 마주한 자리로 옮겨 앉으면서 고개를 저었다.

"태아는 모체 밖으로 나오기 전까지는 인간으로 인정되지 않아. 그러니까 저 놈이 여자를 계단에서 밀어뜨려 태아가 죽은들, 동기가 드러나지 않는 한 여자에 대한 상해죄만 적용돼서 집행유예로 풀려나겠지."

"멍청한 자식, 정말 여자 등을 밀어보기나 했으려나."

"여자에게 깜박 속은 거야. 모르겠어? 지금 시절에 무면허도 30만 엔은 안 받아. 등을 손으로 미는 게 아니라 발로 힘껏 걷어차서 여자 죽일 멍청한 놈이라고."

"이왕 가르쳐주는 거, 속았다고 알려주면 좋잖아."

"저런 바보한테는 일찌감치 노동의 성스러움을 가르쳐주는 게 더 좋아."

아기가 진지한 표정으로 말했다.

"그래서, 너는 오가사와라에서 생긴 마진으로 이득을 얻고, 착취의 성스러움을 배운다?"

나는 웃으면서 말했다.

"오가사와라 건은 삥땅 안 해."

아기가 딱 부러지게 말했다.

"호, 별일이군."

"그 대신, 현지에 강력한 커넥션을 구축했지."

"뭐 하러?"

"여자에게 돌고래 보여주러 갈 때 특별 우대를 받거든."

아기는 그렇게 말하고 재미있다는 듯 웃었다.

"여자에게 돌고래 보여주면 얼마나 좋아하는데."

아기의 웃는 얼굴에 휘말려 나도 웃고 말았다. 그 순간, 안겨
도 좋다고 생각했지만 바로 그 생각을 지웠다.

아기는 일본과 필리핀의 피가 섞인 혼혈이다. 그런데 필리
핀 사람인 엄마 쪽에 스페인 사람과 화교의 피가 흐르는 덕분
에 아기는 4개국의 DNA를 갖고 이 세상에 태어났다. 그 DNA
가 예술적으로 배열된 결과, 윤기가 자르르 흐르고 부드럽게
웨이브진 검은 머리, 윤곽이 또렷한 얼굴, 빛의 정도에 따라 색
이 다르게 보이는 눈동자, 결 고운 구릿빛 피부, 손발이 길고 균
형 잡힌 체형, 넘치고 흐를 정도의 섹시함, 신비로운 분위기, 커
다란 물건 등등의 특징을 낳았다. 그런 아기는 아홉 살 때 한
동네에 사는 서른다섯 살 아줌마에게 동정을 잃고는 자기가 나
아가야 할 길을 찾았다.
　입학 직후, 아기는 우리 앞에서 이렇게 선언했다.
　"나는 진정한 코즈모폴리턴이 될 것이다. 그러기 위해서는
보편적인 무기가 필요하다. 그게 무엇인지 알겠나?"
　우리는 무슨 소린지 몰라 어안이 벙벙한데, 아기는 히죽 웃
으면서 스스로 대답했다.
　"머니와 페니스."
　그 선언 이후 아기는 우리 학교에서 전설적인 존재가 되었
다. 그러나 아기는 페니스는 커다래도 머니는 없었다. 그래서

그 커다란 페니스를 활용해 돈벌이를 시작했다. 간단히 말해서 돈깨나 있는 중년 아줌마를 상대로 '물 찬 제비' 노릇을 한 것인데, 그렇다고 호스트 클럽에 든 것은 아니다. 아기는 절대 작당을 하지 않는 개인주의자다.

"힘과 지식이 없으면 다른 인간들에게 짓밟히니까 말이지."

아기는 내게 곧잘 그렇게 말했다. 그 말대로 아기는 복싱 클럽에 다니고, 〈법률의 틈새 사전〉과 〈가정 의학 대사전〉과 〈세금의 구조〉 같은 실생활에 필요한 책을 읽는다. 물론 릴케와 다치하라 미치조(立原道造, 1914~1939, 시인-옮긴이)의 시집과 세잔과 아이어스 초소의 화집, 〈365일 탄생화〉니 〈점성술 대백과〉니 하는 책도 보면서 늘 여자에 대한 임전태세를 갖추고 있다. 상황이 그렇다 보니 그런 아기의 지식과 아줌마들을 상대해 생긴 연줄을 필요로 하는 아이들이 주위에 꼬이게 되었다. 모두 여자 문제로 전전긍긍하는 놈들이었다. 그래서 아기는 학교 식당에 전용 테이블을 마련하고 '상담소'를 개설한 것이다. 물론 상담은 유료다.

'아기'라는 별명은 아기 엄마의 옛 성인 '아기날드'에서 따온 것이다. 아기는 '사토 겐'이라는 어엿한 일본 이름이 있는데도 친한 친구들에게는 반드시 '아기'라고 불러 달라고 했다. 그래서 나 역시 그를 아기라고 부르고 있다.

나는 먼저 천 엔을 아기에게 건네고 용건을 꺼냈다.

"올해는 어떻게 나올 것 같냐?"

아기는 진지한 눈길로 내 얼굴을 쳐다보더니, 안타깝다는 듯 고개를 옆으로 저었다.

"올해는 무슨 수를 써도 성공 못 할 거야. 너희들 강력한 적을 만났어."

"경찰이야?"

나는 당황해서 물었다.

아기는 또 고개를 옆으로 젓고는 다이어리 수첩을 펼쳤다.

"지금까지 입수한 정보로 보아, 학교를 자치적으로 지키자면서 경찰을 동원할 계획은 없는 것 같아. 그 대신 대학의 체육 동아리 놈들로 호위망을 구축하려나 봐. 가라테부와 유도부, 응원단부 등 총인원 150명."

"대학이라니? 거기 부속고등학교 아니잖아?"

"여기저기 대학에 부탁해서 끌어 모으고 있나 보던데."

아기는 대학 이름을 몇 개 들었다. 모두 유명한 사립대학이었다. 그렇다면 체육 동아리의 실력도 어중간하지 않을 것이다.

"그 정보, 틀림없겠지?"

내가 물었다.

아기는 화가 난 것처럼 눈살을 찌푸렸다.

"축제 집행위원장에게 직접 들은 거야. 내 페니스는……"

내가 뒷말을 가로챘다.

"자백제 바르비투르보다 효과가 탁월하다, 그 말이겠지?"

아기는 만족스럽게 고개를 끄덕인 후, 톰 크루즈에 버금가는 미소를 내게 흘렸다. 순간, 안겨도 좋다고 생각했지만 그럴 상황이 아니어서 또 그 생각을 지웠다. 적은 예상외의 수법으로 치고 나왔다. 앞으로 당분간 파란의 날들이 계속될 것 같았다.

2

　우리가 1학년이었던 2년 전 10월의 어느 날, 생물 시간의 일이었다.

　그날 교실 풍경은 여느 때와 별다를 게 없었다. 수업을 듣고 있는 녀석은 거의 없고 대부분 이어폰을 귀에 꽂고 음악을 들으면서 졸거나 〈점프〉를 보면서 키득거리고, 소고기 덮밥을 먹거나 책상 아래서 페니스의 크기를 비교하고 있었다. 교단에서는 닥터 모로가 호모니 헤테로니 하고 늘 강조하는 유전에 관한 사항을 열심히 주절거리고 있었다.

　근속 30년을 헤아리는 생물 선생 요네쿠라는 우리가 입학하기 훨씬 전부터 '닥터 모로'라고 불렸다. 그 이유는 매 수업마다 교과과정을 무시하고 유전을 운운하기 때문이다. 그 탓에 요네쿠라가 유전자를 조작해 만들어낸 고양이와 쥐의 합체 동물 '캣츄' 고기가 학교 식당의 카레라이스에 들어 있다느니, 요네쿠라의 수첩에는 후세인과 나란히 찍은 사진이 들어 있다느니 하는 요상한 소문이 파다하게 나돌았다. 아마도 그런 소문은 요네쿠라의 머리카락이 미치광이 과학자를 묘사할 때 흔히 써먹는 꼬불꼬불한 백발이기 때문에 생겼을 것이다. 그 외에는 키도 훤칠하고 얼굴도 반듯한 핸섬 보이에 성격도 온화해 학생들 사이에서 비교적 인기가 있는 선생이었다.

교실 뒤쪽에서 느닷없이 터져 나온 커다란 웃음소리가 닥터 모로의 목소리를 지웠다. 여느 때 같으면 아랑곳하지 않고 계속 떠들었을 닥터 모로가 그날만큼은 말을 끊었다. 그리고 교탁 양끝에 두 손을 대고 천천히 고개를 좌우로 움직이며 교실을 둘러보았다. 닥터 모로의 평소 같지 않은 태도에 심상치 않음을 느낀 나를 포함한 몇 명은 닥터 모로의 행동을 주시했다.

닥터 모로는 교실을 휘 둘러본 후, 얼굴을 똑바로 쳐들고 교실 전체를 향해 말했다.

"너희들, 세상을 바꿔보고 싶지 않나?"

나는 그 순간을 지금도 또렷하게 기억하고 있다. 교실 제일 뒤에 앉아 있었기 때문에 내게는 교실 풍경 전체가 아주 잘 보였다. 이어폰을 귀에 꽂고 졸던 녀석들이 닥터 모로의 말에 일제히 움찔, 반응을 보이며 몸을 일으켰다. 닥터 보로의 말을 어떻게 들을 수 있었는지는 지금도 수수께끼다. 게다가 다른 녀석들도 동작을 멈추고 닥터 모로를 쳐다보았다.

내 옆자리에서 니시다 기타로(西田幾多郞, 1870~1945, 철학자-옮긴이)의 〈선의 연구〉를 읽고 있던 순신이 책을 탁 덮고 닥터 모로에게 물었다.

"어떻게 바꾸면 좋겠습니까?"

닥터 모로도 교탁 위에 놓인 교과서를 탁 덮고 말했다.

"그러기 전에 한 가지, 너희들은 왜 머리가 나쁘다고 생각하지?"

여기저기서 야유가 빗발쳤다. 당연한 일이지만 바보에게 대놓고 바보라고 해서는 안 된다. 온 교실에 흉악한 분위기가 떠돌기 시작했다. 그 분위기에 동요하지 않고 닥터 모로가 담담하게 말을 이었다.

"머리가 나쁘다고들 한마디로 말하지만, 머리가 나쁜 데도 여러 종류가 있다. 나는 공부를 잘 못하는 종류를 말하는 것이다. 요컨대 왜 너희들이 이 학교에 왔느냐는 것이다."

앞자리에 앉은 누군가가 말했다.

"선생님 말대로 공부를 못하니까 왔죠."

닥터 모로가 되물었다.

"그렇다면 너희들은 왜 공부를 못하지?"

왜 그런지 알 수가 있어야지, 하는 소리가 여기저기서 들렸다. 그리고, 그렇게 태어난 걸 어쩌라고, 하는 소리도. 그 소리에 닥터 모로가 반응했다.

"그렇다. 너희들은 공부를 잘 못하도록 태어난 것이다. 즉, 유전자의 문제란 말이다."

모두 알 듯 말 듯하다는 분위기였다. 닥터 모로가 보충했다.

"너희들 부모 중에 일류 대학 나온 사람 있나?"

잠잠, 침묵이 교실을 지배했다. 모두들 부모를 비롯해 사돈의 팔촌까지 출신 대학을 점검했을 것이다. 마침내 맹점을 간파한 새로운 발견에 모두가 한숨을 쉬며 고개를 끄덕였다. 그런데 다나카란 녀석이 손을 들고 발언했다.

"우리 삼촌은 도쿄 대학을 나왔는데요."

그 순간, 교실이 다시금 활기를 띠기 시작했다. 그러나 닥터 모로는 조금도 당황한 기색이 없었다.

"그 삼촌은 지금 뭘 하시지?"

닥터 모로가 물었다.

"화성인의 지구 침략에 대비한다고 홋카이도 오지에 살고 있습니다."

모두들, 그러면 그렇지, 하는 식으로 고개를 끄덕였다. 닥터 모로가 결정타를 날렸다.

"그런 사람을 돌연변이라고 한다."

교실 전체에 친밀한 연대감이 사연스럽게 형성되기 시작했을 때, 닥터 모로가 말했다.

"너희들은 공부를 잘 못해서 이 학교에 왔다. 그러나 그것은 전혀 부끄러워할 일이 아니다. 인간은 저마다 갖고 태어난 재능이 다르기 때문이다. 공부를 잘하는 사람, 운동을 잘하는 사람, 음악을 잘하는 사람, 그림을 잘 그리는 사람. 유감스럽게도 너희들은 공부하는 재능은 갖고 태어나지 않았다. 자, 그렇다면 너희들은 과연 어떤 재능을 갖고 태어났을까?"

또 잠잠한 침묵이 교실에 흘렀다. 닥터 모로가 다시 말했다.

"너희들은 공부를 잘하는 놈들과 같은 판에서 싸워봐야 절대 이길 승산이 없다. 게다가 잘 못하는 것을 억지로 계속할 필요도 없다."

학급 회장인 이노우에가 반박하고 나섰다.

"그래도 세상을 지배하는 건 공부를 잘하는 인간들이잖아요. 그렇다면 우리는 죽을 때까지 그 인간들의 지배하에 있어야 한다는 건가요?"

"너희들이 공부 잘하는 인간들의 세계에서 살려고 하는 한은 그렇겠지."

닥터 모로는 단호하게 대답했다.

"너희들도 무엇이든 한 가지 재능을 갖고 태어났을 것이다. 그 재능이 뭔지를 찾아내서 그 재능의 세계에 살면 공부 잘하는 인간들의 세계는 자연히 소멸될 것이다."

여전히 교실에는 정적에 가까운 분위기가 감돌았다. 모두 닥터 모로가 한 말을 이해하려고 열심히 애쓰고 있었다.

이노우에가 또 닥터 모로에게 물었다.

"만약 자기 재능을 찾아내지 못했을 때는 어쩌죠?"

"그런 생각은 하지 않아도 된다. 찾고 찾으면 재능은 반드시 발견할 수 있다."

닥터 모로가 대답했다.

이노우에가 끈질기게 물고 늘어졌다.

"그래도 찾지 못했을 때는 어떻게 하면 좋죠?"

닥터 모로는 난감하다는 듯이 미간을 찡그렸다.

"그때는 공부 잘하는 인간들의 세계와 어떻게든 타협을 하면서 사는 수밖에 없겠지."

교실 여기저기에서 새어나오는 한숨소리가 한덩어리가 되어 체념의 분위기를 빚었다. 상황은 서서히 닥터 모로가 교과서를 덮기 전으로 돌아갔다. 닥터 모로는 그런 분위기를 일소하듯 낭랑한 목소리로 말했다.

"너희들은 공부 잘하는 인간들의 세계에 살게 되더라도, 그냥 살아서는 안 된다. 유전자 전략으로 고학력자들이 떼거지로 형성하고 있는 답답한 계급사회에 바람구멍을 뚫어야 한다."

교실 여기저기에서, 또 유전자야, 하는 야유에 가까운 소리가 터져 나왔다. 교실의 긴장감은 완전히 균형을 잃었다.

"무슨 뜻이죠?"

이노우에가 또 물었다.

"공부 잘하는 인간끼리의 유전자 결합을 저지하면서, 그 한쪽에 너희들이 끼어드는 것이다. 우등과 열등이 연을 맺어 균형을 유지하는 것이지. 그렇게 하는 것이 원래 자연의 섭리다. 같은 성질의 유전자끼리 들러붙는 사회는 언젠가는 반드시 무너진다. 피를 한 곳에 고이게 해서는 안 된다는 말이야."

교실에 있는 학생들 대부분은 닥터 모로의 말을 듣고 있지 않았다. 지금껏 말이 없던 순신이 발언했다.

"그러니까, 공부 잘하는 여자의 유전자를 획득하라는 말이죠?"

닥터 모로가 힘차게 고개를 끄덕였다.

"오랜만에 공부 잘하는 유전자를 만난 너희들 유전자는 기뻐 날뛰면서 아주 새로운 유전자를 만들어낼 것이다. 그렇게 해서 이 세상에 태어난 너희들의 자손이 어쩌면 새로운 세계를 창조할 수도 있지 않겠나. 그리고 너희들은 그 과정을 지켜보면서 죽을 수도 있지 않겠나."

"하지만 한 가지 문제가 있는데요."

내 왼쪽 옆자리에 앉은 가야노가 말했다.

"우리는 공부 잘하는 여자들에게 인기가 없단 말이죠."

닥터 모로는 미간에 주름을 잡고 깊이 깊이 고개를 끄덕였다.

"물론 그것은 어려운 문제다. 그리고 그 문제를 극복하려면 딱 한 가지 방법밖에 없다."

닥터 모로의 얘기를 계속 듣고 있던 녀석들은 몸을 앞으로 쑥 내밀고 그다음 말을 기다렸다. 닥터 모로는 한마디로 대답했다.

"노력이다."

닥터 모로의 말에 감전된 녀석들이 적지 않았다. 나도 그 가운데 한 명이다. 그런 우리들이 자연발생적으로 모여 바람구멍을 뚫기 위해 뭔가 해 보자고 의견을 모았다. 요컨대 공부 잘하는 여자를 어떻게든 꼬드겨서 제것으로 만들자는 것이다.

그 즈음 우연인지 필연인지, 우리 학교 근처에 있는 '세이와 여고'의 축제가 다가왔다. 세이와는 좋은 집안 자녀들이 수두룩하게 다니는 데다 학력도 높고 미녀 점유율도 높아 도쿄 전체의 남고생들에게 인기 있는 여고였다. 당연한 일이지만, 세이와의 여학생들은 이웃사촌인 우리에게 무지무지 쌀쌀맞았다. 오래전에 우리 학교 학생이 세이와의 여학생에게 수작을 걸었다가 그 여학생이 비명을 지르면서 파출소로 도망간 사건이 있었다. 그 후, 우리 학교에서는 '부득이한 경우를 제외하고 세이와의 여학생에게 반경 5미터 이내로 접근해서는 안 된다.' 하는 미국의 성희롱 소송 판결문 같은 불문율이 생겼다.

그러니 길거리에서 사건을 도모할 수는 없었다. 우리는 신분을 감추고 축제에 잠입하면 당당히 여학생에게 접근할 수 있다는 결론에 도달했다.

하지만 일은 말처럼 간단하지 않았다. 우리와 비슷한 생각을 하고 있는 작자들이 너무 많아서, 세이와 축제는 도쿄에 우글거리는 남고생과 대학생, 중년 마니아 아저씨를 비롯해 심지어 연예인 양성소와 각종 변태의 타깃이었다. 그렇다 보니 세이와 측은 10년 전부터 '티켓제'를 도입해 대처했다. 재학생 한 명당 세 장의 티켓을 배부, 신분이 확실한 사람만 초대하도록 학생들을 지도하고 있는 것이다. 그 후 세이와 축제의 티켓은 롤링 스톤스의 아리나 콘서트 티켓을 구하는 것보다 어려운 희소가치가 생겼고, 축제 시즌에는 위조 티켓까지 나돌게 되었다.

당연한 일이지만, 세이와 축제 참가 권외에 있는 우리는 닥터 모로의 설교를 계기로 무슨 수를 써서든 권내로 파고들자는 결의를 다졌다. 우리가 그런 작당을 했다는 소문이 퍼졌는지, 다른 반에서도 자연발생적으로 뜻을 같이하겠다는 동지가 모여들어 최종 인원이 48명이 되었다. 나중에 안 일이지만, 유유상종이란 말이 무색하지 않게 하나같이 휴대전화와 노래방과 야구팀 교진을 싫어했다.

우리는 '더 좀비스'라는 그룹을 정식 발족하고 당장 잠입 작전 준비에 돌입했다. 나는 작전을 계획하는 역할을 맡았다. 이유는 머리가 그나마 좀 좋아 보여서. 다른 깊은 의미는 없다.

첫 해에는 '주문 작전'을 내세웠다. 내용은, 세이와의 선생인 척하고 메밀국수나 우동, 피자, 생선초밥 등의 음식을 백 인분씩 주문해서 축제가 진행되고 있는 세이와 여고에 배달시키는 것이었다. 여기서 중요한 포인트는 축제 뒤풀이 때 꼭 필요하다든지 아무튼 그럴싸한 이유를 둘러대 시간을 지정하고, 그 시간에 한꺼번에 배달되도록 하는 것이다. 뿔뿔이 배달되면 효과가 없다. 그리고 교내에 대형 사고가 발생했다고 신고해 구급차를 오게 한다. 여기서 중요한 포인트는, 세이와에서 멀리 떨어진 곳에서 신고하면 소방서의 컴퓨터 시스템이 눈치를 채고 수상히 여길 테니까, 세이와 바로 근처에 있는 공중전화를 이용하는 것이다.

그렇게 해서 음식이 한꺼번에 배달되고 구급차까지 도착하면, 선생들이 무슨 일이 생겼나 하고 당황해 우왕좌왕 혼란에 빠질 것이다. 당연히 정문에서 티켓을 일일이 검사할 여유가 없다. 티켓 담당이 정문을 지키고 있겠지만, 그래봐야 10대 여학생이다. 확인이고 뭐고 없이 교문을 통과, 붙잡힐 염려는 거의 없다. 우리는 실제로 그 작전을 결행했고, 성공했다. 우리는 당황해 어쩔 줄 모르는 선생들을 곁눈질하면서 당당히 정문을 통해 전설의 비밀 회원으로 들어갔다. 그 결과, 동지들 가운데

여덟 명이 세이와의 여학생 전화번호를 따는 데 성공했다.

성과를 올린 우리는 기뻐했지만, 그 기쁨이 오래가지는 않았다. 며칠 후, 막상 데이트 신청을 하려고 신분을 밝히자, 여덟 명 모두 딱지를 맞았다. 우리가 삼류 고등학교 학생이란 이유가 전부는 아닌 듯했다. 듣자 하니, 잠입 작전에 인명에 관계되는 구급차를 이용한 것이 세이와 여학생들에게 나쁜 인상을 준 듯했다. 더 좀비스로서도 수긍할 수 있는 의견이라, 다음 해에 만회하기로 맹세했다.

다음 해, 나는 역사 수업 시간에 아이디어가 떠오른 '아무렴 어때 작전'을 제안했다. 내용은 간단하다. 더 좀비스 전원이 "아무렴 어때, 아무렴 어때."라고 외치고 춤을 추면서 몰려가 교문을 돌파하는 것이다. 지난해에 잔재주를 부렸으니, 올해는 단순명쾌하게 가자는 취지였다.

그 해, 세이와의 선생들은 지난해의 전철을 밟지 않으려고 세이와에서 반경 10킬로미터 내에 있는 모든 중국집, 피자가게, 생선초밥집에 '축제 기간 중에는 음식을 주문하지 않습니다.'라는 내용의 통지를 보냈고, 학교 근처에 있는 모든 공중전화에 감시를 세웠다. 노력은 가상하지만, 우리가 두 번이나 똑같은 수법을 쓰리라고 생각한 것이 신기하다. 우리는 세이와의 교문 앞 50미터 지점에서부터 '아무렴 어때' 춤을 추면서 몰려가 기를 쓰고 우리를 막으려는 선생들을 걷어차고 밀쳐내면서 교내로 들어갔다.

그러나 그 해 작전은 실패로 끝났다. 동지 중 한 명이 적에게 붙잡히고 만 것이다. 야마시타라는 그 녀석은 우리 반 전원이 커닝을 했을 때도 혼자서만 걸리는 사상 최악의 어리바리였다. 우리가 "아무렴 어때!"를 외치면서 교문을 통과하는데, 뒤쪽에서 "왜 맨날 나냐고!" 하는 단말마의 울부짖음 소리가 들렸다. 우리는 "그냥, 내버려둬, 작전에는 희생자가 필요한 법이니까." 하고는 눈물을 삼키면서 앞으로 나아갔다.

결국 2년 연속 불법으로 교내에 침입한 자들이 우리라는 것을 안 세이와의 선생들은 우리 학교에 엄중한 주의를 촉구한다고 통보했다. 더구나 그 해에는 여학생을 제것으로 만들기는커녕 전화번호 하나 따지 못했다. 나중에 아기에게 입수한 정보에 따르면 '아무렴 어때' 작전은 궁상맞다는 이유로 세이와 여학생들 사이에서 평판이 엄청 나빴다고 한다. 우리 멤버들 사이에서는 그 의견을 놓고 '세이와 여자애들이 유머 감각이 없어서 그렇다.' 하는 식의 반론도 있었지만, 궁상맞다는 점에는 받아칠 말이 없다는 결론이 나왔다. 그리고 내년에야말로, 하고 우리는 굳은 맹세를 했다.

올해.

저은 대학의 체육 동아리를 동원히는 수법으로 나왔다. 세이와의 축제가 한 달 앞으로 다가왔는데, 내 머리에는 아무런 묘안도 떠오르지 않았다. 그런데다 더 좀비스의 정신적 지주라 할 수 있는 이타라시키 히로시가 병으로 입원해 멤버들이 동요하고 있었다.

더 좀비스는 리더가 없는 공화적 합의 조직이다. 그런데 지난해 야마시타가 잡혔을 때, 우리 학교는 본보기로 야마시타가 아닌 주모자의 목을 원했다. 그때 자진해 목을 내민 것이 히로시였다. 야마시타와 히로시는 일주일간 정학 처분을 받았다. 그 후 멤버들 사이에서 히로시가 실질적인 리더로 자리매김하게 되었다. 물론 히로시가 목을 내놓았다는 이유 하나만으로 리더로 인정받은 것은 아니었다. 멤버를 위해서라면 히로시는 불속에라도 뛰어들 녀석이라는 멤버들 전원의 공통 인식이 원래부터 있었기 때문이다. 그래서 모두 마지막 해의 작전을 수행하기 전에 히로시가 복귀할 수 있기를 진심으로 바랐다.

3

히로시가 입원해 있는 병원은 우리 학교에서 제일 가까운 역에서 전철을 타고 두 정거장 떨어진 곳에 있다.

나와 순신과 가야노는 역을 빠져나와, 역에서 서쪽으로 난 2백 미터 정도의 언덕길을 올라갔다. 언덕 꼭대기에서 오른쪽으로 돌아 약간 높은 지대에 있는 길을 똑바로 5분쯤 걸어가면 병원이 나온다.

우선은 지하 매점에 가서 250엔짜리 바닐라 아이스크림을 열 개 샀다. 그런 다음 엘리베이터를 타고 8층으로 올라갔다. 간호사실 앞을 지나 히로시가 있는 병실로 향하는데 간호부장이 "너희들 얌전히 있어야 돼." 하고 한마디 했다.

병실로 들어섰다. 운 나쁘게 히로시는 한참 링기 주사를 맞느라 멍한 상태였다. 우리는 히로시의 엄마에게 인사하고 아이스크림을 건네 드렸다. 히로시의 엄마가 "잠깐 좀 봐 줘." 하고는 빨래를 하려고 병실에서 나갔다. 우리는 철제 의자에 앉아 히로시의 멍한 얼굴을 물끄러미 쳐다보았다.

히로시 엄마의 설명에 따르면, 히로시는 '충치를 오래도록 치료하지 않아 그 썩은 구멍으로 나쁜 곰팡이가 침입해서 온몸의 임파선이 붓는' 병에 걸렸다고 한다. 무슨 소린지 잘 모르겠지만, 더 좀비스 멤버들은 히로시의 상태를 보고 자진해서 치과에 다니게 되었다. 그만큼 히로시의 상태는 심각했다. 목 주위 임파선이 부어올라 어디가 턱이고 어디가 목인지 구별할 수 없을 정도였고, 몸을 만지면 물집 같은 알갱이가 여기저기 만져졌다. 그런데다 의식을 저 멀리로 날려버릴 만큼 독한 링거액 탓에 머리카락이 전부 빠졌고, 안색은 늘 똥색이었다.

마지막 링거액이 한 방울 떨어져 튜브를 타고 천천히 히로시의 몸 안으로 들어갔다. 잠시 후, 히로시는 눈의 초점을 우리에게 맞추고 얼굴에 아주 희미한 미소를 띠었다. 우리는 의자를 치우고 자리를 비켰다. 순신이 침대 밑에서 세면기를 꺼내 히로시 옆에 바짝 달라붙고, 나는 수건을 들고 가야노는 물이 담긴 보온병과 컵을 들었다. 히로시가 손을 움직여 신호를 보냈다. 순신이 침대의 리모컨 단추를 눌러 등받이를 천천히 올렸다. 90도 가까이 올라갔을 때 히로시는 상체를 푸르르 떨면서 순신이 꽉 껴안고 있는 세면기에 토하기 시작했다. 내용물은 거의 위액이었다. 나는 세면기에서 튀어나오는 물방울을 수건으로 닦았다. 히로시는 스크리밍 제이 호킨스(2000년 사망한 미국의 R&B 가수 겸 작곡가—옮긴이) 같은 탁한 신음소리를 내면서 3분 동안이나 쉬지 않고 토했다.

구토가 조금 잦아들자 가야노가 컵에 물을 따라 히로시에게 내밀었다. 히로시는 힘겹게 입을 움직여 입 안을 헹구고 물을 다시 세면기에 뱉어냈다. 나는 리모컨을 눌러 천천히 등받이를 내렸다. 히로시가 정신을 차릴 동안 우리는 화장실에 가서 세면기와 수건을 씻으면서 시간을 보냈다.

병실로 돌아오자 히로시는 스스로 윗몸을 일으키고 완벽하게 미소 띤 얼굴로 우리를 맞아주었다.

"되게 미안하네."

"야, 그런 소리 마."

순신이 귀찮다는 듯이 말했다.

"야마시타는 안 왔어?"

히로시가 지금 생각났다는 듯이 물었다.

"병원에 오는 거 금지시켰어."

내가 대답했다.

"그 녀석이 오면 나을 병도 안 나을 것 같아서."

히로시는 키드득 짧게 웃고는, 아주 부드러운 눈빛으로 우리에게 나무라듯 말했다.

"그래도 잘 해줘야지."

우리는 다시 의자를 꺼내 침대를 에워싸듯 앉아서 히로시와 함께 아이스크림을 먹었다. 도중에 히로시의 엄마도 합세했다. 순신이 민족학교에 다니던 중학 시절에 흉기 준비 집합죄로 경찰에 붙잡힌 얘기를 하는 바람에 왁자지껄, 분위기가 고조되었다. 흉기 준비 집합 사건인즉, 이렇다.

적대관계에 있는 중학교 녀석들을 패주려고 손에 손에 몽둥이와 목도를 들고 공원에 집합했는데, 그 정보를 듣고 오금이 저린 상태편이 경찰에 찔렀다. 경찰이 목도를 든 순신의 선배에게 "너희들 무슨 짓이야!" 하고 소리를 지르자, 어떻게든 그 자리를 모면하려던 선배는 "우리들 검도부거든요." 하고 대답해 경찰에게 머리를 신나게 얻어맞았다. 유감천만.

간호사가 와서 히로시의 팔에서 주삿바늘을 뺐다. 시계를 보니 잠시 후면 저녁시간이라 그만 돌아가기로 했다. 우리가 엉덩이를 들자, 히로시가 배웅하겠다면서 침대에서 내려오려고 했다. 말려도 소용없을 것 같아 히로시 하고 싶은 대로 내버려두었다.

두 다리를 바닥으로 내리고 서려는 순간, 히로시는 보란 듯이 허물어졌다. 히로시의 엄마와 우리는 잠자코 히로시의 모습을 바라만 보았다. 그리고 2분 후, 히로시는 눈을 번들거리면서

"헤헤, 헤헤." 하고 허리케인 조처럼 웃더니 혼자 힘으로 일어서는 데 성공했다. 히로시는 여전히 눈을 번들거리면서 3분 정도 꼼짝 않고 서서 다리의 힘과 감각을 조절한 후, 쑥스러운 듯 미소 지으면서 말했다.

"자, 가자."

엘리베이터를 타고 옥상으로 올라가 난간 가까이에 있는 나무 벤치에 앉았다. 저 멀리 저녁노을 속에 선명하게 드러난 니시신주쿠의 고층 빌딩군이 보였다. 순신이 교복 주머니에서 럭키 스트라이크를 꺼내자, 히로시는 환자복 주머니에서 지포 라이터를 꺼냈다. 그 지포 라이터는 더 좀비스 멤버들이 히로시의 생일날 선물한 것이었다.

우리는 담배를 피우면서 올해로 마지막이 될 축제 습격에 관해 얘기했다.

"좋은 작전 생각났어?"

히로시가 물어서 나는 일단 고개를 끄덕였다. 사실은 전혀 백지 상태였지만 히로시에게 걱정을 끼치고 싶지 않았다.

"야, 너희들 졸업하면 어쩔 거냐?"

가야노가 뜬금없이 물었다.

반년 후면 졸업이니, 이제 슬슬 진로를 분명하게 정하지 않으면 안 될 시기였다. 그러나 지금까지 우리는 이 화제를 의식적으로 피해 왔다.

"아직은 딱히 생각해 둔 게 없어."

내가 말했다.

"너희들은 어쩔 건데?"

"난 취직할 거야."

가야노가 대답했다.

"순신은?"

순신은 담배 연기를 한껏 빨아들인 다음 푸, 하고 토해내며 말했다.

"나는 대학에도 안 가고, 취직도 안 할 거야."

"왜?"

가야노가 이상하다는 듯 물었다.

"순신, 너는 이대로 열심히 하면 좋은 대학에 갈 수 있잖아."

순신은 우리 반에서 가장 성적이 좋았다. 선생들도 순신에게 거는 기대가 컸다. 우리 학교에서 처음으로 일류 대학에 들어가는 학생이 나오지 않을까 하고.

"대학에 가서 뭐 하게."

순신이 짧아진 담배를 손가락으로 튕겨 앞쪽으로 날렸다.

"대학 같은 거 회사원 양성소나 다름없잖아. 그런 데 볼일 없어."

"순신은 회사원이 싫은 거구나."

가야노가 그렇게 말하자, 순신은 웃으면서 고개를 저었다.

"뭐 싫은 건 아니야. 가능하면 대기업에 들어가서 사장 같은 것도 해 보면 좋지."

"그럼, 취직 차별 때문에?"

가야노가 말했다.

"지난번에 텔레비전 보니까, 특집 프로그램에서 이제 취직 차별이 없어졌다고 하던데."

"신경 써 줘서 고맙다."

순신이 가야노의 어깨를 툭툭 쳤다.

"내가 대기업에 들어갔다 치자. 그래도 사장은 절대 될 수 없어. 텔레비전에서 무슨 소리를 하든, 그건 틀림없는 사실이야."

"그러니 불공평하다는 거지."

히로시가 담배 연기를 뿜어내면서 말했다.

"하지만 그게 현실이야."

순신이 새 담배에 불을 붙이고 말했다.

"일본 사람이 같은 일본 사람을 차별하는데, 외국인을 차별하지 않을 리 없잖아."

"무슨 뜻이야?"

가야노가 물었다.

"고졸하고 대졸이 같이 일하면, 고졸이 일을 더 잘해도 월급은 대졸이 많잖아. 그리고 같은 대졸이라도 출신 대학에 따라 출세 경쟁에서 격차가 생기고. 일본 사람들은 그런 차별을 당연하게 여기도록 교육받았기 때문에, 눈앞에 있는 차별이 보이지 않는 거야. 하기야 보이지 않는 척하고 있는지도 모르지."

왠지 분위기가 착잡해졌다. 순신은 미안하다는 듯 눈꼬리에 있는 흉터 자국을 손가락으로 긁적거리고는 닥터 모로를 흉내 내며 장난스럽게 말했다.

"너희들, 세상을 바꿔보고 싶지 않나?"

우리는 서로의 얼굴을 마주보고 웃었다.

순신이 다시 말했다.

"공부만 잘하면 이 나라의 지배층에 속할 수 있다고들 하는데, 사실은 그렇지 않아. 공부를 잘해도 일본 사람이 아니면 안 된다고. 나는 이왕 뭐가 되려면 최고가 되고 싶어. 그런데 정상적인 길을 걸어서는 최고가 될 수 없지. 그래서 나는 대학에도 안 가고 취직도 하지 않을 거야. 아기처럼 되려는 건 아니지만, 나는 아무튼 이걸로 살 거야."

순신은 담배를 낀 집게손가락과 가운뎃손가락으로 자기 머리와 팔뚝의 이두근을 가리켰다.

"그걸로 뭘 어쩌겠다는 건데?"

내가 물었다.

"아직 딱 부러지게 정한 건 아니야."

순신은 애매하게 고개를 저으면서 대답했다. 히로시는 짧아진 담배를 버리고 순신의 어깨를 툭툭 치면서 그의 눈을 똑바로 쳐다보고 말했다.

"내가 수상이 되면 반드시 차별 없는 나라를 만들게. 순신의 손자들이 이 나라에 살 때까지는 반드시 만들어 보일게."

히로시는 장래 수상이 되기로 결심했고, 더 좀비스 멤버들에게도 그렇게 공언하곤 했다. 우리 역시 히로시가 수상이 될 것을 믿어 의심치 않았다.

"너 수상 되면 나 경호원으로 써 주라. 너의 방탄막이 돼줄 테니까."

순신이 진지한 표정으로 말했다.

"난 별 도움이 안 될 테니까, 히로시가 정치가 될 때 투표나 해줄게."

가야노가 말했다.

나? 나는 담배 연기가 눈에 들어간 척 눈을 벅벅 비비면서 아무 말도 하지 않았다. 히로시는 순신과 가야노의 말에 심각한 표정으로 고개를 끄덕였다.

우리는 마지막 담배에 불을 붙였다. 초저녁 어둠이 한결 짙어졌다. 멀리 고층 빌딩군의 벽에 설치된 빨간 항공장해등이 얼빠진 비행기나 헬리콥터가 부딪치지 않도록 경고를 발하고 있었다.

"멋있다."

가야노가 말했다.

"공부 잘하던 놈들, 저 안에서 죽어라 일하고 있겠지."

히로시가 담배 연기를 뿜어내면서 말했다.

"우리도 지고만 있을 수는 없지."

순신이 또 닥터 모로 흉내를 냈다.

"요는 노력이다."

4

　우리 부모는 와세다와 게이오를 나왔다. 어린 시절, 와게전 시즌이 되면 어느 쪽 응원 스탠드에 앉아 관전을 하느냐는 문제로 옥신각신하는 것을 보고, 와세다나 게이오나 다 좋은 대학인가 보다고 생각했다. 그래서 언젠가는 나도 두 대학 중 하나에 들어갈 것이라고 믿으며 자랐다. 부모님도 그러기를 바랐다.

　그런 나는 중학 시절, 전형적인 우등생이었다. 교복을 단정하게 입고 학교에 있는 동안은 한 번도 단추를 푼 적이 없는, 불량과는 거리가 먼 존재였다. 전국 석차가 외할머니의 최저 혈압치 정도였고, 학급 회장을 한 적도 있었다. 그런데 어느 날, 갑자기 전락이 찾아왔다.

　중 2, 여름방학이 끝나고 막 2학기가 시작된 때였다. 우리 반에 한 여학생이 전학을 왔다. 그녀는 고전적인 '사연형' 전학생이었다. 치마 길이가 유난히 길고, 얼굴 위로 흘러내린 긴 머리카락 사이로 사람의 얼굴을 삐딱하게 올려다보는 버릇이 있었다. 하지만 그 긴 머리칼은 반짝반짝 윤이 나고, 게다가 성인 여자의 섹시함까지 풍기는 미소녀였다.

남녀 불문하고 전학생은 대부분 신선도가 유지되는 기간만큼은 인기가 있게 마련이다. 그런데 그녀는 그 용모에도 불구하고 전혀 인기가 없었다. 그녀가 성깔 더러운 남학생들과 사귄다는 소문이 온 학교에 나도는 탓이었다. 다른 학교의 불량 학생들이 희생양으로 노리는 우리 학교 학생들은 그녀에게 접근조차 하지 않았다.

약속이나 한 듯이 전학생인 그녀가 학급 회장인 내 옆자리에 앉게 되었다. 하기야 뭐 그녀는 학교에 별로 오지도 않았고, 왔어도 대개는 책상에 엎드려 잠만 잤다. 책상에 두 팔을 포개고, 그 위에 긴 머리를 뒤로 묶은 조그만 얼굴을 달랑 올려놓고는 내 쪽을 향하고 잤다. 나는 선생에게 들키지 않게 조심하면서 그녀의 긴 속눈썹과 갸름하고 예쁜 턱 선을 훔쳐보았다.

'정말 자고 싶은 사람은, 티끌 없는 인간으로 돌아갈 가능성이 있다.'

어느 소설에서 누군가가 그런 말을 했는데, 그녀는 그 말이 정말인지 아닌지를 확인하기 위해 자는 것처럼 보였다. 나는 그녀가 내 옆자리에 앉아 있던 가을 내내, 남몰래 고추를 딱딱하게 세우고 잠든 그녀 모습을 지켜보았다.

가을도 어언 끝나가는 어느 날이었다. 수업이 끝나 집으로 돌아갈 준비를 하고 있는데, 그녀가 조그만 종이를 아무도 모르게 살며시 내게 건넸다. 그리고 아무 일도 없었다는 듯 교실에서 나갔다. 나는 그녀가 나가고 5분 후에 꼬깃꼬깃 접힌 종이를 펼쳤다. 가슴이 콩닥거렸다. 거기에는 '의논하고 싶은 일이 있어서 그러는데, 5시에 옥상으로 와줄래? 혼자서.'라고 쓰여 있었다. 나는 두려움과 흥분이 뒤섞인 기분으로 도서관에서 책을 읽으며 5시까지 시간을 보냈다. 그때 읽었던 책을 나는 지금도 기억하고 있다. 시바 료타로(司馬遼太郎, 1923~1996, 역사 소설가-옮긴이)의 〈나라 훔치기 이야기〉였다. 나름 마음을 진정시키려는 뜻에서 읽었는데, 어떤 내용이었는지 지금은 조금도 기억나지 않는다.

5시. 옥상에는 콜라에다 물을 섞은 듯한 색감의 저녁 어둠이 깔려 있었다. 그녀는 옥상을 빙 두르고 있는 철망 펜스에 어깨를 기대고 서 있었다. 나는 그녀가 눈치 채지 않도록 심호흡을 하면서 다가갔다.

"의논할 게 있다면서, 뭔데?"

그녀 옆에 서서 간신히 말을 꺼내자, 그녀는 희미하게 웃었다. 어둠 속에서 또렷한 붉은색이 떠올랐다.

"너, 내가 자는 거 늘 훔쳐보고 있지? 왜 그러는데?"

순간, 나는 할 말을 완전히 잃었다. 그녀는 환하게 미소 지은 후, 내 등이 펜스에 딱 달라붙도록 어깨를 밀었다. 그리고 가늘고 긴 엄지손가락과 집게손가락으로 내 교복 깃을 어루만지더니 익숙한 손길로 단추를 풀었다. 천천히 두 번째 단추까지 풀리자 내 목덜미가 고스란히 드러났다. 그녀는 아주 자연스럽고 매끄럽게 얼굴을 내 목덜미에 갖다 대고 내 왼쪽 경동맥에 입맞춤했다. 입술 사이로 혓바닥이 나와 미묘하게 움직였을 때 머리가 찌릿찌릿하면서 등줄기에 전류가 흘렀다. 흡혈귀에게 물린 인간이 흡혈귀가 되는 이유를, 그때 알았다.

그녀가 입술을 떼고 나를 올려다보면서 말했다.

"너, 이렇게 답답한 곳에서 벗어나고 싶지 않니?"

다음 날, 나는 꾀병을 부려 학교를 쉬고 맞벌이 부부인 엄마와 아빠가 출근한 다음 가출 준비를 시작했다. 보스턴백에 입을 옷을 대충 쑤셔 넣고, 학년 전체 1등을 했을 때 부모님이 축하한다고 사준 가죽점퍼를 걸친 다음, '집을 나갑니다. 진정한 남자가 되겠어요.' 하는 메모를 남기고 집을 나섰다.

그녀와 만나기로 약속한 장소인 동네 어귀 공원으로 가는 도중에 우체국에 들러, 와세다나 게이오에 들어가면 아우디를 사려고 어렸을 때부터 모은 저금을 몽땅 찾았다. 32만 엔. 그 돈을 꼭 쥐고 공원에 가자, 그녀와 소문대로 성깔이 더럽게 생긴 청년 세 명이 기다리고 있었다.

결국 공원의 지저분한 화장실에서 32만 엔과 가죽점퍼를 털리고, 모래 놀이터에 끌려가 프로 레슬링 기술의 실험대상이 되었다. 시너 때문에 이가 흐물흐물한 남자가 "죽여주지!" 하면서 날린 드롭킥이 내 얼굴에 정통으로 맞아 앞니가 부러지고 피를 흘린 덕분에 겨우 실험대에서 해방되었다.

그녀가 모래에 묻힌 채 넋이 빠진 내게 다가와 2만 엔을 돌려주었다. 그리고 참 한심하다는 표정을 지으며 말했다.

"찌르고 싶으면 찔러. 어차피 난 또 아무도 모르는 곳으로 갈 거니까."

그러나 나는 아무에게도 찌르지 않았다. 찌를 필요조차 없었다. 그녀가 그날 밤, 우리 동네에서 3킬로미터밖에 떨어지지 않은 곳에서 오토바이 사고로 죽었기 때문이다. 나는 그녀가 돌려준 2만 엔으로 치과에 가서 부러진 이를 새로 해 넣었다.

그녀가 사라진 후, 나는 교복 깃의 단추를 채우지 않는가 하면, 수업 중에 태연히 졸게 되었다. 성적이 떨어지기 시작하자 선생님은 걱정하고, 부모님과는 이유를 놓고 말다툼을 하게 되었다. 나는 잠시 잠을 자고 싶을 뿐인데, 아무도 그냥 지켜봐 주지 않았다.

그러던 어느 날, 아빠가 불륜 상대의 집 욕실에서 비누를 밟고 미끄러져 욕조에 머리를 부딪는 불상사로 의식불명이 되었다. 요즘 세상에 별로 유행하지 않는 개그 한판을 벌인 셈이다. 그 사건으로 부모님은 이혼, 나는 엄마와 함께 매일 아침저녁으로 인스턴트 음식을 먹으며 지냈다.

어느 날 문득 나 자신을 돌아보니, 불량이라는 딱지가 붙어 있었다. 그래도 고등학교 정도는 졸업해야지, 하고 울면서 사정하는 엄마를 위해 출석일수를 채우려고 학교에는 갔지만 수업은 거의 듣지 않고 잠만 잤다. 그나마 중2 때까지 닦은 실력이 있어서 그럭저럭 고등학교에 합격했다. 그리고 그 학교에서 히로시와 순신, 아기와 가야노를 만났다. 나는 지금은 수업 중에 자지 않는다.

5

세이와 축제 습격 3주 전에 더 좀비스의 올 첫 모임이 있었다.

더 좀비스는 친목을 위한 단체가 아니므로 평소에는 별다른 활동을 하지 않는다. 모두 쓸데없는 작당을 싫어하기 때문이다.

방과 후 교실에 모인 멤버들 모두 시큰둥한 표정을 짓고 있었다. 히로시의 입원 기간이 길어질 것 같은 데다, 세이와 쪽의 철벽 방어책은 공공연히 알려져 있는데, 내가 그에 대한 뾰족한 대책을 제시하지 않기 때문이었다.

"곧 좋은 방법이 생각날 거야."

순신이 그렇게 말해 준 덕분에 모두의 불안이 조금은 해소된 듯 보였다. 히로시가 없는 동안 순신이 대신 리더 역할을 하고 있었다.

나는 잠자는 시간도 아까워하면서 〈손자병법〉과 〈세계의 모험 소설 다이제스트〉, 〈도쿄대 낙성〉 등의 책을 읽었지만, 아무런 묘안이 떠오르지 않았다. 요는 매우 단순했다. 학교 안으로 들어가기만 하면 된다. 그런데 그게 어렵다. 학교를 빙 둘러싸고 끄떡도 하지 않는 150명을 어떻게 헤치고 들어간단 말인가. 우선은 어디엔가 있을 돌파구를 찾아야 했다.

2주 전, 두 번째 모임이 있었다. 끝내 아무런 묘안도 생각해 내지 못한 나는 수치를 무릅쓰고 모두에게 묘안을 청하기로 했다. '철거반 작전'과 '독수리는 날아내리다 작전'이 제시되었다.

철거반 작전은, 덤프트럭을 몰고 세이와를 두르고 있는 벽돌담으로 돌진, 담을 무너뜨리고 그곳으로 침입한다는 무지막지한 방법이었다. 독수리는 날아내리다 작전은, 헬리콥터를 납치해 세이와의 상공에서 낙하산을 타고 내려간다는 거의 실현 불가능한 방법이었다.

모두 초조한 탓인지, 철거반 작전을 지지하는 무리와 독수리는 날아내리다 작전을 지지하는 무리가 잠시 옥신각신했다. 철거반 무리는 더 좀비스 멤버 중의 무장 투쟁파였고, 독수리 무리는 지성파였다.

"그보다 좋은 방법이 틀림없이 생각날 거야."

이번에도 순신의 그 한마디에 옥신각신이 수습되었다. 결국 내 짐은 더 막중해지고 말았다.

그런데 그 두 번째 모임 다음 날 예상치 못한 사태가 발생했다. 체육시간이 끝난 후, 나는 순신을 비롯한 다른 몇 명과 함께 수업 때 사용한 배구공으로 '아르헨티나 대 브라질' PK전을 했다. 마라도나 역인 내가 골을 집어넣고 하늘을 우러르며 가슴 앞에다 십자가를 긋고 있는데, 체육 주임인 망키가 체육관으로 돌아왔다. 학생들 사이에서 '망키'라 불리는 사루지마는 민족계 체육대학 출신으로 머리까지 근육으로 똘똘 뭉친 얼간이였다. 수업 중에 순신과 아기 골려먹기를 낙으로 여기는 인간인데, 1학년 똘마니였을 때 당한 아기가 "퍽 인 망키(멍키)"라고 중얼거려, 그때부터 망키라 불리게 되었다.

그날, 망키는 기분이 몹시 안 좋았다.

"배구공은 축구공이 아니다."

배구공을 발로 차는 현장을 목격한 망키는 이의의 여지가 없는 일반론을 내세우며 우선 우리의 뺨따귀를 갈겼다. 그리고 'S코의 방'이라 불리는 체육 주임실로 우리를 끌고 가 무릎을 꿇게 한 다음 토킹을 세 방씩 먹였다. 그 토킹을 제대로 먹으면 대개 으윽, ㄲ윽, 허억, 컥, 하고 만화의 말풍선 같은 신음을 토하는데 순신은 달랐다. 코로 황소 같은 숨을 내뿜을 뿐 이를 악물고 소리를 지르지 않았다. 망키는 그게 또 마음에 들지 않아 순신만 일어나 앞으로 나오게 해서 따귀를 다섯 대 올려붙였다. 그래도 순신의 몸은 꿈쩍하지 않았다.

"조선 놈이라 과연 질기군."

속이 부글부글 끓다 못한 망키는 조롱하듯 말했다. 순신은 그 말에 피식 웃음으로 답했다. 그런데 순신이 무릎 꿇고 앉아 있는 친구들에게 돌아가려고 등을 보였을 때, 망키가 그 등에 다 대고 "이런 겁쟁이 같은 자식." 하고 폭언을 날렸다. 망키는 실수를 했다. 순신의 눈꼬리 흉터가 순간적으로 빨갛게 물들었다. '배구공이 축구공이 아닌 것'처럼, 순신은 '겁쟁이'가 아니다.

순신이 다닌 민족학교에는 '겁쟁이'란 소리를 듣고서 싸우지 않으면 반드시 왕따를 시킨다는 불문율이 있어, 그 소리를 들으면 자동적으로 펀치가 나갈 수밖에 없도록 성장한다.

그런 사연이 있으니, 돌아선 순신은 망키의 아래턱에 묵직한 라이트 훅을 퍼부었다. 반고리관이 순간적으로 마비된 망키는 평형감각을 잃고 무릎을 꺾었다. 순신은 정수리 머리카락을 움켜잡고 망키를 억지로 일으켜 세워, 이번에는 코를 표적으로 펀치를 날렸다. 퍽, 하는 소리가 나면서 코가 뭉개지자 순신은 표적을 바꾸어 신장 부근을 난타했다. 망키는 완전히 의식을 잃었고, 코에서는 피가 쿨컥쿨컥 쏟아져 나왔다. 나는 때를 가늠해 말리려고 끼어들었다. 다른 친구들이 망키를 보건실에 데려가는 동안, 순신은 주임실 의자에 앉아 고개를 푹 숙인 채 울먹이면서 내게 말했다.

"전부 다, 물거품이 되었어."

〈명상록〉도, 〈선의 연구〉도, 〈에크하르트 설교집〉도, 오트의 〈성스러운 것〉도, 벤야민의 〈폭력비판론〉도, 모든 것이 망키의 한마디에 순신의 머리에서 날아가 버리고 말았다. 나는 순신의 어깨를 툭툭 치면서 말했다.

"다시 읽으면 되잖아."

습격 예정 1주일 전에 세 번째 모임이 있었다. 그 자리에 히로시는 물론 순신의 모습도 없었다. 순신은 망키 사건 때문에 일주일 정학 처분을 받았다. 체육 선생들은 강경하게 퇴학을 주장했다는데, 순신을 어여삐 여기는 문과 선생들이 일치단결해 간신히 일주일 정학으로 매듭을 지었다. 물론 순신이 퇴학을 당했다면, 더 좀비스는 온 힘을 다해 망키의 언행을 규탄할 작정이었다.

교실 안에 불온한 공기가 흘렀다. 나는 아직도 묘안을 제시하지 못한 자신에게 화가 났고, 다른 멤버들은 히로시와 순신이 없어 빚어진 불안을 짜증으로 표현했다.

다들 모이자, 또 무투파와 지성파의 말다툼이 시작되었다. 나는 교단에 서서 티격태격하는 양 파를 치를 떨면서 바라보았다. 가끔가다 내가, "말싸움 해봐야 아무 소용 없잖아, 그만해!" 하고 소리를 질렀지만 누구 하나 귀 기울이지 않았다. 한심했다. 히로시와 순신, 그리고 나 사이에 있는 차이는 대체 뭘까?

무투파의 박력이 지성파를 압도해 철거반 작전이 채택될 낌새였다. 그러나 무투파도 자기들이 주장하는 작전이 실현될 수 있다고 생각하는 것은 아니었다. 지성파와 옥신각신하다 보니 수습할 방법이 없을 뿐이었다. 결국 마지막 선택권은 내게 돌아왔다. 나는 만에 하나라도 야쿠자들이나 하는 짓거리를 채택할 마음은 없었다. 더 좀비스는 그렇게 야만스러운 조직이 아니다.

"야, 어쩔 거냐고!"

결론을 재촉하는 멤버들에게 나는 큰소리로 대답했다.

"그 작전은, 지난번 모임에서 오미트했잖아!"

나는 교단에 서 있어서 모두의 얼굴이 아주 잘 보였다. 나는 그때의 광경을 평생 잊지 못할 것이다. 모두 같은 방향으로 고개를 갸우뚱하고, 얼빠진 표정으로 나를 쳐다보았다. 마치 비데를 처음 보는 유치원생이, 이게 뭐지, 하고 바라보는 것처럼.

잠시 침묵이 흐른 후, 가야노가 모두를 대표해서 물었다.

"오, 오미트가 뭐야?"

그때서야 겨우 히로시나 순신과 내가 뭐가 다른지 깨달았다. 나는 이러니저러니 해도 실은 우등생이었던 과거의 버릇을 버리지 못하고, 몰래 입시 공부를 해서 대학에 들어가려는 꿍꿍이를 숨긴 놈이었다. 〈시험에 나오는 영단어〉니 하는 책에서 본 '오미트'라는 단어가 자연스럽게 입에서 튀어나오는 놈이었다. 아무 묘안도 없으면서 남들보다 한 단 높은 곳에서 생각한다고 우쭐해서는 다른 친구들이 심각하게 짜낸 안을 바보라서 바보 같은 생각밖에 못한다고 무시하는 그런 놈이었다. 나 같은 놈은 어른이 되어서도 뜻도 모르는 영어 단어를 슬쩍 대화에 흘리면서 자기만족에나 빠질 인간이다. 제길.

교실 어디선가 중얼거리는 낮은 소리가 들렸다.

"토끼일 거야."

"토끼는 래비트잖아."

"그런가."

"이런 바보."

"시끄러."

나는 소리 내어 웃었다. 나는 어리둥절해하는 녀석들을 아랑곳 않고 웃고 또 웃었다. 너무 웃어서 눈에 눈물이 다 고였다. 나는 시야가 뿌연 눈으로 모두의 얼굴을 보았다. 내가 웃는 얼굴로 그들을 쳐다보자, 신기하게 나를 쳐다보는 그들 얼굴에도 히죽 웃음이 번졌다. 그 순간, 내 안에서 재치 있는 지혜가 번뜩였다. 별것 아니다. 상대방의 방어막을 무너뜨리는 돌파구는 늘 코앞에 있는 법이다.

나는 교단에서 내려와 어떤 작전을 제안했다. 그것은 어리석고 야만스럽고 승산이 거의 없는 작전이었지만, 우리에게는 더없이 잘 어울렸다. 모두들 희생자가 많이 생길 그 작전을 아무 이의 없이 받아들였다. 솔직히 말해서, 그때 우리는 여자 따위에는 아무 관심 없었다. 우리는 오직 150명의 적에게 등을 보일 수 없었을 뿐이다.

6

　며칠 동안 함께 모여 작전의 세부를 점검했다. 아기를 몇 번이나 만나 최종 정보를 샀다.

　"세이와 여자애들, 너희들이 올해는 어떤 수법으로 나올지 기대하고 있는 것 같던데."

　"정말?"

　아기가 고개를 끄덕였다.

　"온통 너희들이 화제인 모양이더라."

　절반은 기쁘고 절반은 부담스러웠다. 아기에게 작전에 필요한 사항을 부탁했다. 특별 부탁이라 값을 흥정하는 데 시간이 꽤 걸렸지만, 결국은 2,500엔에 낙찰을 보았다. 아기의 전용 테이블을 떠나기 진에 예전부터 묻고 싶었던 것을 물었다.

"왜 너 같은 놈이 이 학교에 왔는지 모르겠다."

물론 좋은 뜻으로 한 말이었다.

아기는 'What a hole you are?' 하는 표정을 지으며 말했다.

"너 같은 친구를 만나려고 온 거지."

순간, 안겨도 좋다고 생각했지만, 그 생각을 또 바로 지웠다.

습격 예정일 사흘 전, 나는 더 좀비스를 대표해 작전 내용을 보고하러 히로시를 찾기로 했다.

방과 후, 역에서 전철을 기다리고 있는데 뒤에서 누가 어깨를 쳤다. 돌아보니 닥터 모로가 온화하게 미소 진 얼굴로 서 있었다. 가는 방향이 같아서 같이 전철을 탔다.

"올해는 또 어떤 거지?"

닥터 모로가 물어서 작전 내용을 대충 설명했다. 내 말을 들은 닥터 모로는 찌렁찌렁 울리는 소리를 내며 유쾌하게 웃었다. 나는 닥터 모로에게도 예전부터 궁금했던 것을 물었다.

"선생님, 아기 있어요?"

닥터 모로의 유전자 전략이 어떤 결과를 낳았는지 알고 싶었던 것이다. 닥터 모로는 한결 온화한 미소를 띠고는 대답했다.

"내가 말이야, 엄마 뱃속에 있을 때 히로시마에서 핵을 맞았거든. 그 탓인지 머리가 이 모양이 되고 말았어."

닥터 모로는 여전히 미소를 띤 채 꼬불꼬불한 백발을 손으로 만지작거렸다.

"몸은 괜찮으세요?"

내가 물었다.

닥터 모로는 고개를 끄덕거렸다.

"그게 말이야, 나는 아무래도 아이 만들기가 겁이 나서. 마누라는 아기를 낳자고 하는데……."

그리고 닥터 모로는 수첩에서 부인과 뺨을 맞대고 찍은 사진을 꺼내 보여주었다. 전철이 속도를 줄이면서 내가 내릴 역에 도착했다. 플랫폼에 내려, 전철 안에서 빙그레 웃고 있는 닥터 모로를 향해 머리를 꾸벅 숙였다. 믿을 수 없겠지만 고등학교에 들어가서 윗사람에게 인사를 하기는 그때가 처음이었다. 닥터 모로가 가볍게 고개를 까딱하자 동시에 문이 닫혔다.

병실에 들어섰더니, 히로시의 엄마가 히로시 수술이 결정되었다는 소식을 전해 주었다. 수술 예정일이 우연인지 필연인지 우리가 세이와를 습격하는 바로 그 날이었다. 예정시간을 물으니, 우리의 습격 시간보다 두 시간 정도 늦다. 그러나 한 시간 전에는 수술실에 들어가야 한다. 나는 히로시의 엄마에게 습격 시간을 알리고, 그 시간에 꼭 히로시와 함께 옥상에 있어 달라고 부탁했다.

"무슨 일인데 그래?"

히로시의 엄마가 물었다.

"그냥 옥상에 계시면 알게 돼요."

나는 힘차게 그렇게 대답했다.

엄마는 알겠다는 식으로 웃으며 고개를 끄덕였다.

히로시와 옥상에 올라가 담배를 피우면서 작전에 대해 얘기했다. 히로시도 재미있겠다면서 찬성해 주었다. 담배를 몇 대 피운 후, 작전의 마무리에 필요해 히로시의 지포 라이터를 빌렸다.

저녁때가 되자 날씨가 어쩨 좀 수상해졌다. 한바탕 비를 퍼부을 듯한 하늘이다. 옥상에 있던 사람들이 하나둘 내려갔다. 나도 슬슬 가보려고 했는데, 히로시 표정이 어쩐지 침울한 듯 보여 벤치에서 일어나지 못했다. 히로시는 저 멀리 보이는 고층 빌딩군을 멍하니 바라보고 있었다.

"아, 참. 깜박했다."

내가 그렇게 말하자 겨우 히로시의 시선이 내게로 돌아왔다.

나는 바지 주머니에서 지갑을 꺼냈다. 그리고 일주일 전 신문에서 오려낸 기사 쪼가리를 히로시에게 건넸다.

기사 제목을 보는 순간, 히로시가 폭소를 터뜨렸다.

'신주쿠 구에 야생 원숭이 출현, 지나가던 남고생이 원숭이에게 맞아 실신 KO'

물론 피해자인 남고생은 사상 최악의 어리바리 사나이 야마시타였다.

히로시는 배를 잡은 채, 때로 숨을 꺽꺽거리며 고통스럽게 웃었다.

"야마시타가, 히로시에게는 절대 얘기하지 말라고 부탁했지만, 어떻게 그럴 수 있냐."

내가 그렇게 말하자, 히로시는 "그렇지, 그렇지." 하고 고개를 끄덕였다.

"온 세상 사람들에게 다 알려야지."

히로시의 웃음이 간신히 잦아들었을 때, 하늘에서 빗방울이 떨어졌다. 작은 방울인데도 유난스레 차가웠다.

"오나 마나 했더니, 진짜 오네."

내가 그렇게 말하면서 벤치에서 일어서는데도, 히로시는 움직이려 하지 않았다.

"왜 그러는데?"

내가 물었다.

"저 말이지, 요즘 들어 자꾸 생각하게 되더라."

히로시가 고개를 숙이면서 혼자 중얼거리듯 말했다.

"뭘?"

"내게 아이가 생겼는데, 그 아이가 사내 아이고, 만약 게이라면 어떨까 하고 말이야."

"무슨 소리냐, 그건 또?"

"너라면 어떻게 할래?"

"갑자기 그런 걸 물으면 어떻게 하냐. 넌 어쩔 건데?"

"난, 게이라도 사랑할 것 같아. 그래도 내 자식이잖아. 그러니까 사랑스러울 거 아냐."

히로시는 그렇게 말한 후에야 내게로 고개를 돌리고 머쓱하게 웃었다. 그리고 웃으면서 다시 말을 이었다.

"독실로……, 의사가 독실로 병실 옮기래."

빗발이 거세졌다.

"남이랑 같이 쓰는 것보다 혼자 쓰면 더 편하잖아."

나는 별일 아니라는 듯 말했다.

히로시는 여전히 웃음을 띤 채 말했다.

"독실로 옮기는 환자는 다들 금방 죽었어. 여기 입원한 환자들이 그러더라. 독실로 옮기라는 소리는 사형 선고나 다름없다고……."

내 심장이 엄청난 박자를 두드리기 시작했다. 빗발은 더욱 굵어졌다. 히로시는 내가 당황하고 있다는 것을 알고는 얼굴이 일그러질 만큼 한결 환하게 웃었다. 눈꼬리에 깊게 팬 주름으로 빗물이 흘러들어 잠시 머물다가 볼을 타고 흘러내렸다. 히로시가 말했다.

"나, 눈물이 날 것 같아."

나는 히로시가 눈치 채지 못하도록 슬쩍 숨을 내쉬었다. 그리고 엉덩이를 들어 히로시에게 바짝 다가가 히로시의 어깨를 꽉 껴안았다. 히로시는 내 가슴에 얼굴을 묻었다.

"나, 아직 죽고 싶지 않아……."

히로시는 내 심장을 향해 그렇게 말했다. 나는 그 말에, "네가 그렇게 쉽게 죽을 놈이냐." 하고 말했다. 그렇게 장담할 수 있는 근거는 털끝만큼도 없었지만, 내 알 바가 아니다.

본격적으로 내리는 비에 히로시가 젖지 않도록 한 손으로는 히로시의 밋밋한 머리를, 다른 한 손으로는 어깨를 꽉 감싸 안았다.

만약, 하고 나는 생각했다.

만약 하느님이 있다면, 히로시를 살려 주세요. 그게 힘들다면 이 비라도 그치게 해주세요. 내 몸은 너무 작아 이 녀석의 몸이 젖지 않게 지켜줄 수가 없습니다…….

우리는 그 자세로 그저 꼼짝 않고 있었다. 아무 얘기도 하지 않았다. 옥상 조명이 한꺼번에 켜져 우리는 서로에게서 몸을 떼었다.

"남들이 보면 완벽한 게이 한 쌍이라고 하겠다."

키들키들 웃으면서 그런 농담을 했다. 히로시는 손에 쥐고 있다 비에 젖어 쭈글쭈글해진 신문 쪼가리를 찢어지지 않게 조심스레 접으면서 말했다.

"이거, 부적 삼을 거야."

과연 히로시를 지켜주는 부적이 될 수 있을지 미묘한 기분이었지만, 병실로 돌아가자는 말만 했다.

　　옥상에서 내려가려는데, 히로시가 불쑥 "야, 우리 오줌 누고 가자." 하면서 철망 펜스로 다가갔다. 할 수 없이 나도 따라갔다. 우리는 거의 신품인 고추를 꺼내 저 멀리 고층 빌딩을 바라보면서 펜스를 향해 오줌을 날렸다. 빗속에서 누는 오줌이라니, 꽤 근사했다. 오줌이 힘차게 김을 피워 올리면서 앞으로 날아갔다. 김은 내리는 비를 물리치고 얼굴까지 올라와 우리의 코를 간질였다. 히로시는 그 냄새를 힘껏 빨아들이고는 만족스럽다는 듯이 웃으며 말했다.

　　"살아 있다는 느낌이 든다……."

7

습격 결행 당일. 일요일. 맑음. 오후 5시.

우리는 오쿠보 3길에 있는 도야마 공원 광장에 집결했다. 멤버들은 정확한 시간에 저마다 다른 차림으로 모여들었다. 그중에는 이소룡이 〈사망유희〉에서 입었던, 노란 바탕에 검정 줄무늬가 있는 양복을 입은 녀석도 있었다. 아이를 데리고 공원을 산책하던 사람들이, 대체 무슨 일인가 하고 멀리서 우리를 구경했다.

47명 전원이 다 모인 것을 확인한 다음, 한자리에 모이라고 지시했다. 각자 땅바닥에 대충 앉으면서 나를 올려다보았다. 나는 숨을 깊이 들이쉬었다 내쉬고는 말했다.

"제군, 〈지구전에 대하여〉라는 전술서를 남긴 모택동은, 그

어록에서 이렇게 말했다."

모두들 침을 꿀꺽 삼키면서 임전 태세를 갖춘 것을 확인하자 나는 말을 이었다.

"찐만두 엄청 좋지!"

모두들 그 자리에서 껑충거리면서 "찐만두 엄청 좋지!" 하고 신나게 외쳤다. 그리고 주먹으로 하늘을 치면서 "찐만두 엄청 좋지!" 하고 찐만두를 연호했다. 멀리서 구경하던 아이들은 왕! 울음을 터뜨리고, 부모들은 1초라도 빨리 그 자리를 떠나려고 아이들의 팔을 억지로 잡아당겼다. 재작년에는 손자가 말한 '피탕 질색!'이었고, 작년에는 제갈공명의 '등심 먹고 싶다!'였다.

떠들썩하게 분위기를 즐긴 우리는 박수로 찐만두 콜을 마무리하고 도야마 공원에서 나와 북쪽으로 진로를 잡았다. 세이와 여고는 도야마 공원에서 북쪽으로 1.5킬로미터 지점에 있다. 우리는 줄지어 반듯하게 대열을 이루지도, 뭉쳐서 하나가 되지도 않았다. 삼삼오오 무리지어 제각각 걸어갔다. 나는 배낭을 메고 있었지만 다른 멤버들은 가벼운 차림이었다. 때로 한 바퀴 빙 도는 녀석이 있는가 하면 전신주를 걸어차면서 걷는 녀석도 있었다. 나는 맨 뒤에서 그런 모습들을 지켜보면서 걸었다.

절반쯤 걸었을 때, 가야노가 내 옆에 와서 갓난아기처럼 방

실거리며 말했다.

"야, 진짜 재밌다."

가야노의 아버지는 과거 국철에 다녔다. 가야노는 '일본 최고의 차량 기사'라면서 아버지를 자랑하곤 했다. 그런데 국철이 민영화되면서 해고당한 아버지는 몇 년 사이에 심각한 알코올 중독자 신세로 전락했다. 어느 날, 아버지는 집을 찾아온 복지센터 직원을 칼로 찔렀다. 아버지는 재활시설에서 알코올 의존증을 치료한 다음, 형무소에서 복역하게 되었다. 가야노는 거의 1년 내내 제본소에서 〈점프〉와 〈매거진〉을 제본하는 아르바이트를 해서 살림을 거들며 아버지가 돌아오기를 기다리고 있다. 가야노는 세이와를 습격하는 날, 단 하루만 휴가를 낸다. 나는 가야노의 머리를 마구 쓰다듬으면서 말했다.

"사랑한다."

"응, 알아."

길 앞쪽 저만치에 사람을 짓누르듯 높이 솟은 빨간 벽돌담이 시야에 들어왔다. 그 끝에 있는 교문 부근에 검은 사람의 무리가 보였다. 천천히 거리를 좁혀가자, 그 검은색이 교복이라는 것을 알 수 있었다. 벽돌담을 따라 천천히 걸어가면서 나는 앞서 걸어가는 전원에게 말했다.

"아기의 정보에 따르면, 저 인간들, 가드맨 해주는 대신 세이와 여자애들하고 '팅'한다더라."

그 말이 떨어지는 순간 흉악한 분위기가 퍼졌다. 나는 더더욱 부채질했다.

"저 인간들, 대학 졸업하면 대기업이나 광고 기획사 같은 데 취직해서, 스튜어디스나 모델하고 팅할 거 아니냐."

미터가 착착 올라갔다. 짜식들, 누가 그냥 놔두는데, 여기저기서 땅속을 뚫고 올라오는 듯한 위협적인 목소리가 터져 나왔다.

우리의 선두가 교문 앞에서 30미터 지점까지 접근한 것을 확인한 세이와의 선생들은 우선 티켓 수집용 긴 책상과 티켓 담당 여학생을 교내로 피신시켰다. 그다음 교복 차림의 체육 동아리 놈들만 남기고, 레일식 철문을 철커덩철커덩 끌어당겨 거대한 대리석 문기둥에 쾅, 하고 닫았다. 철문은 높이가 1.5미터, 너비가 6미터 정도였다. 그 철문 앞에 백 명에 가까운 체육 동아리 놈들이 개미새끼 한 마리 드나들 수 없도록 대열을 갖춰 진을 쳤다.

교문 앞에 도착한 우리는 47명 전원이 똘똘 뭉쳐서 체육 동아리 놈들과 5미터 거리를 두고 대치했다. 그 인간들은 교복 단추를 반듯하게 채우고 있었다. 답답한 놈들이다.

나는 손목시계를 보았다. 5시 45분. 작전 결행까지 앞으로 15분 정도 남았다. 우리는 세이와 축제의 마지막 날 오후 6시로 시간을 정해놓고, 해마다 그 시간에 작전을 실행했다. 우리는 어디까지나 무단 침입자이며 세이와 여자애들의 축제를 짓

밟을 권리 따위 없다는 것을 정확하게 알고 있었다.

늦가을 어둠이 점차 짙어지면서 교내에 밝혀진 할로겐 라이트 불빛이 우리의 마지막 무대를 눈부시게 비추고 있었다. 자기들을 쏘아보면서 꼼짝 않고 서 있는 우리의 진의를 파악하지 못하는 탓인가, 검은 인간들의 얼굴에 긴장과 혼란이 번졌다. 10분 전이 되자 길 양쪽에 구경꾼이 모여들기 시작했다. 관례가 된 우리의 습격을 빌미 삼아 어떻게 좀 들어가 볼 수 없을까 하고 모여든 자들이었다. 우리 학교 녀석들의 얼굴도 드문드문 보였다.

5분 전, 선두에 선 순신이 최후방에 있는 내게 다가왔다. 순신은 하얀 티셔츠에 낡은 청바지, 그리고 우락부락한 작업화를 신고 있었다. 순신은 벌써부터 빨개진 눈꼬리 흉터를 손가락으로 감작거리면서 멋쩍다는 듯 말했다.

"난, 프로 골프 선수가 될 거야."

"호, 그러냐."

"전 세계를 돌아다니면서 경기할 거야. 일본은 너무 좁아."

"나는 머리 싸매고 공부해서 의사가 될 거다. 의사가 돼서 히로시 병을 고칠 거야."

나와 순신은 키들키들 웃었다. 나는 손목시계를 보고, 2분 전이라고 순신에게 말했다. 순신은 고개를 끄덕이고는 선두로 돌아갔다.

6시 1초. 순신이 혼자 앞으로 나서서 체육 동아리 놈들과 3미터 간격을 두고 섰다. 순신은 우선 한 손을 들고 아무 말 없이 체육 동아리 놈들에게 브이 사인을 보였다. 그리고 곧바로 그 사인을 수평으로 눕히더니, 두 손가락을 꼬물꼬물 움직이면서 말했다.

"너희들, 방심하면 눈알이 뽑혀나갈 줄 알아."

검은 놈들의 대열이 술렁거렸다. 순신은 틈을 주지 않고 손가락 두 개를 입술 끝에 대고, "와아아아아!" 하고 인디언처럼 우렁차게 외쳤다. 이단이라도 본 듯 놀란 검은 놈들의 눈이 휘둥그레졌다. 얼이 빠진 것이다. 순신이 또 외쳤다.

"제로니모!"

그리고 검은 대열에 마하의 속도로 뛰어들었다. 대열에 부딪치자 날쌔게 좌우로 훅을 날려 둘을 쓰러뜨렸다. 그 광경을 본 멤버들이 "와!" 하고 함성을 질렀다. 그리고 멤버들 역시 각자의 영웅 이름을 외치면서 대열로 돌진했다.

"브루스 리!"

"존 콜트레인!"

"커트 코베인!"

"마이크 타이슨!"

"색샤인!"

"트레이시 로즈!"

트레이시 로즈는 우리 학교에서 보급률 95퍼센트를 자랑하는 성인 비디오 〈인어 공주〉의 주연여배우이다.

올해 작전은 작년보다 한결 단순하다. 150명과 맞붙어 싸워 적을 때려눕히고 정정당당하게 정문으로 들어가는 것이다. 이름하여 '정문 돌파 작전'.

내 앞에서 멤버들이 하나둘 흩어지고, 마침내 한 명도 남지 않았다. 나는 싸움에 참가하고 싶은 마음을 간신히 억누르면서 눈 하나 깜빡하지 않고 멤버들의 싸움을 지켜보았다. 우리 멤버들은 머릿수 차이를 극복하고 상대방을 제압할 정도로 패기에 차 있었다. 순신은 귀신처럼 날랜 동작으로 상대를 쓰러뜨리면서 어떻게든 철문으로 진격하려고 날뛰었다.

철문 앞 대열이 완전히 무너져 격자무늬 사이로 학교 안이 보였다. 세이와 여자애들이 줄줄이 나와 전투를 지켜보고 있었다. 그때, 벽을 넘는 침입자를 막으려고 흩어졌던 나머지 체육 동아리 50명이 소동을 눈치 채고 정문으로 몰려왔다. 철문 너머 광경이 다시 가려졌다. 그와 동시에 우리 쪽이 명백한 열세로 돌아섰다. 간신히 철문에 들러붙은 순신을 체육 동아리 세 놈이 떼어냈다. 여기저기서 우당탕탕 소리가 나고, 얻어맞는 멤버들 모습이 보였다.

압도적인 열세였다. 내가 두 주먹을 불끈 쥐고 멤버들의 사기를 북돋으며 찐만두를 연호하려 힐 때였다. 높이 솟은 벽돌

담 위에서 환성이 소나기처럼 쏟아졌다. 어떻게 올라갔는지 세이와 여자애들이 담 위에 죽 앉아, 소리를 질러대고 있었다.

"힘내!"

"꺄악!"

여자애들의 고함소리에 전투가 순간적으로 멈췄다가 곧 재개되었다. 멤버들 얼굴에는 정기가 넘쳤고, 검은 놈들은 당혹감을 감추지 못했다. 그리고 다음 순간, 그 일이 벌어졌다. 이번에는 길 양쪽에서 "와!" 하는 함성이 터져 나오더니, 그 소리를 신호로 멀리서 구경만 하던 놈들이 정문으로 몰려들었다. 여자애들의 성원이 놈들을 자극한 모양이었다. 전투에 참가하면 전화번호 정도는 딸 수 있으리라는 계산이 있었는지도 모른다.

수적인 열세가 메워져 거의 대등한 전투가 벌어졌다. 모두들 일대일로 적을 상대했다. 그런데 어찌 된 일인지 한 장소에서만 적과 우리 멤버가 대거 몰려서 몸싸움을 벌이고 있었다. 눈을 부릅뜨고 살펴보았다. 그 중심에 사상 최악의 어리바리 사나이 야마시타가 있었다. 야마시타를 둘러싼 다섯 명 정도의 적이 그의 머리칼을 쥐어뜯고 엉덩이를 걷어찼다. 야마시타는 금방이라도 울음을 터뜨릴 듯한 표정으로, 마지막까지 이 꼴이야! 하고 꽥꽥거렸다.

아하하하하.

히로시, 지금, 우리 세계는 정상적으로 기능하고 있다.

너에게 보여주고 싶군.

멤버들의 활약으로 다시 철문의 격자무늬가 보였다. 서서히 검은 놈들이 양 교문기둥을 이은 철문에서 떨어져나갔다. 철문의 모습이 완전히 시야에 들어왔다. 순신이 철문 손잡이를 잡고 있었다. 철커덩, 소리가 울리고 묵직한 철문이 오른쪽으로 미끄러졌다. 동시에 여자애들이 환성을 질렀다. 멤버들은 검은 놈들을 철문에서 밀어내는 무리와 철문을 여는 순신을 호위하는 무리로 나뉘어 필사적으로 싸웠다. 철문이 천천히 열리고, 그리고 드디어 다른 한쪽 기둥 속으로 밀려들어가 완전히 사라졌다.

철커덩!

그 소리와 함께 전투는 막을 내리고 여자애들의 환호성 소리도 그쳤다. 나는 모세 앞에 열린 홍해 바다처럼, 내 앞에 열린 가느다란 길을 보았다. 나는 후우, 하아, 심호흡을 한 번 한 다음 그 길에 발을 들여놓고, 뛰었다.

정문에 거의 다다랐을 때, 엉겨 붙어 겨우 균형을 유지하고 있던 적과 동지의 산이 무너지면서 내 앞을 가로막았다. 나는 땅을 힘껏 걷어차면서 날았다. 장애물을 건너자 동시에 귀가 따가울 정도의 환호성이 일었다. 정문을 돌파하고 교내로 들어갔다. 교정에 여자애들과 손님들이 좌우 두 줄로 반듯하게 서 있었다. 내가 가야 할 앞길은 훤하게 뚫려 있었다. 교내에 있는 선생들에게 붙잡히지 않도록 전속력으로 질주했다. 오른쪽 앞에 아기의 모습이 보였다. 아기가 손을 흔들었다. 나는 손을 들었다. 열쇠를 입수한 모양이었다. 아기가 달리는 나를 향해 열쇠를 던졌다. 나는 열쇠를 멋들어지게 받아들고, 그대로 아기 앞을 지나갔다. 내 등 뒤에서 아기가 외쳤다.

"고! 고!"

넓은 교정을 지나 정면에 있는 제일 높은 건물 입구에 도착했다. 구경하는 여자애들 사이를 헤치고 건물 안으로 들어가 계단을 뛰어올랐다. 가끔씩 들리는 "힘내!"라는 소리가 점차 무거워지는 내 두 다리를 줄기차게 위로 끌어올렸다.

5층 계단을 다 뛰어올라가 옥상 입구에 도착했다. 아기에게 받은 열쇠를 손잡이에 있는 열쇠 구멍에 밀어 넣고 오른쪽으로 돌렸다. 찰칵, 하는 소리가 울리고 문이 열렸다. 열쇠를 뽑으면서 철제문을 밀고 옥상에 발을 들여놓은 후 다시 열쇠로 문을 잠갔다.

불이 켜져 있지 않은 옥상은 짙은 어둠에 잠겨 있었다. 나는 옥상 한가운데로 걸어가 배낭을 바닥에 내려놓았다. 그리고 지퍼를 열고 안에 든 '150발 연발 폭죽' 네 개와 히로시의 지포 라이터를 꺼냈다. 한 손에 폭죽을 들고 도화선을 끌어냈다. 히로시가 있는 병원은 여기에서 직선거리로 3킬로미터. 보이지 않을 리가 없다.

히로시가 있는 병원 쪽을 확인한 다음 그쪽으로 몸을 돌리고, 손가락에 힘을 주고 지포의 뚜껑을 열었다. 탁, 하는 둔한 소리가 나면서 뚜껑이 열렸다. 불을 붙이려는데 물이 떨어져 축축해졌다. 빗방울인가 싶어 하늘을 올려다보았지만, 구름 한 점 없는 환한 달밤이었다. 달의 윤곽이 뿌예서 물의 정체를 알았다. 나는 키들키들 웃고는 불을 붙였다. 불이 붙었다. 불을 도화선에 옮겨 붙였다. 슉 슈슈슉! 하는 소리와 함께 도화선이 불타올랐다.

펑!

파랑 불똥이 어둠을 찢었다. 다음은 빨강, 다음은 초록, 다음은 오렌지, 다음은 노랑……. 나는 폭죽의 굵직한 동체에서 전해지는 기분 좋은 충격을 느끼면서, 여자 몸에 사정하면 이런 기분이려나, 하고 생각했다. 나는 병원 옥상에서 본, 히로시의 거의 신품이나 다름없는 고추를 떠올렸다.

히로시, 보고 있냐?

우리, 해냈어.

네가 죽는다고? 어림없지.

너, 지금 보고 있지?

"불꽃놀이다!"

교정에서 끓어오르는 환호성이 하늘 높이 올랐다가 불꽃에 녹아들었다.

8

히로시는 그 날에서 한 달이 채 지나지 않아 죽었다.

나는 히로시가 죽기 12시간 전에 히로시와 마지막 대화를 나눴다. 그때 히로시는 앞이 보이지 않았다. 히로시의 몸속에 있는 '나쁜 곰팡이'가 뇌까지 전이되어 그의 시신경을 망가뜨리고 말았다. 우리는 그날의 불꽃이 얼마나 예뻤는지, 그 얘기만 했다.

습격 후, 더 좀비스 멤버는 전원 1개월 정학 처분을 받았다. 그 대신 28조의 커플이 성립되는 쾌거를 올렸다.

더 좀비스는 이제 졸업을 계기로 해산한다. 해산하기 전에 다 같이 히로시의 무덤이 있는 오키나와에 가자고 약속했는데,

아직 약속을 실현하지 못하고 있다.

런, 보이스, 런

마지막 습격 날에서 석 달이 지났다.

우리들 더 좀비스는 일부 마니아로부터 '비밀의 화원'이라 불릴 정도로 난공불락인 세이와 여고 축제에 난입해 여학생 공략에 성공했다. 말이 나온 김에 한마디 더 하자. 전형적 삼류 남고인 우리 학교는 지역 주민들 사이에서 '야생의 왕국'이라 불리고 있고, 우리는 학력사회에서 '살아 있는 시체'란 뜻으로 '좀비' 혹은 '아메바'라 불리고 있다. '아메바', 즉 '단세포'라는 뜻이다.

단세포인 우리는 단세포 나름의 방식으로 세이와 여학생들을 공략해 현재 47명 중에서 36명이 짝짓기에 성공했다.

졸업을 앞둔 더 좀비스는 졸업과 동시에 해산될 예정이었지만 하지 못한 일이 남아 있다. 나의 친구이자 좀비스의 리더였으나 마지막 습격에 참가하지 못하고 죽은 이타라시키 히로시의 무덤을 찾기 위해 오키나와에 가는 것이다. 덧붙여서 히로시의 사인은 급성 임파선 백혈병이었다.

우리는 마지막 습격 사건으로 받은 1개월 정학 기간과 겨울 방학을 이용해서 아르바이트를 해 여행 자금을 벌었다. 그다음은 오키나와 행 비행기 티켓을 구입, 졸업식이 끝나면 곧장 오키나와로 뜨는 일만 남았다. 그런데 무슨 이유 때문인지, 일은 그렇게 수월하게 진행되지 않았다.

요즘 알았는데 '아메바'는 원래 그리스 말로 '변화'라는 뜻이라고 한다.

이제 내가 하려는 이야기는 우리의 소소한 모험담이며 또 우리의 '변화'에 대한 이야기다.

1

어떤 책에 이런 말이 쓰여 있었다.

'행복이란 욕망이 정지하고 고통이 소멸된 패배의 상태를 의미한다.'

내 눈앞에는 그 패배의 상태가 보란 듯이 펼쳐져 있었다.

겨울방학이 끝나고 봄 학기가 시작된 첫 월요일, 더 좀비스는 학교의 빈 교실에서 모임을 가졌다. 전원이 모이기는 오랜만이었다.

나는 교단 의자에 앉아 멤버들의 모습을 꼼꼼히 살폈다. 멤버들 대부분의 얼굴에는 딸랑이를 손에 쥔 아기들처럼 천진한 미소가 어려 있었고, 입에서 나오는 말은 디즈니랜드에서 더블

데이트를 하자느니, 그녀와 페팅까지 했다느니 하는 얼빠진 소리들뿐이었다. 그리고 간혹 여기저기서 삐리리리릭, 하고 휴대전화 벨이 울렸다. 더 좀비스는 휴대전화와 노래방과 교진을 증오하는 공통항으로 맺어진 강경파 모임일 텐데…….

내가 풀이 죽어 더 좀비스의 종말을 알리는 풍경을 바라보고 있는데, 교실 맨 뒷자리에서 블라디미르 장켈레비치의 〈죽음에 대하여〉를 읽고 있던 순신이 책을 탁 덮고 말했다.

"슬슬 시작하지."

모두가 잠잠해지자 사회 격인 나는 우선 오키나와 여행 자금이 목표한 금액에 도달했다고 알렸다. 멤버들 사이에서 짧은 탄성이 일었다. 이제 여행 일정을 세밀하게 짜는 일만 남아, 모두에게 의견을 청하려는데 야마시타가 주춤주춤 손을 들었다.

"왜?"

내가 묻자 야마시타는 의자에서 일어나 뭐라뭐라 주절거리기 시작했다.

"우리 친척 중에 여행사에 다니는 사람이 있는데……."

그 친척에게 부탁하면 보다 싼 가격에 여행을 할 수 있다는 얘기였다. 구미가 당기는 내용이라 우리는 그렇게 하기로 했다.

멤버들 사이에서 남은 돈을 어디에 쓰느냐는 화제가 무성해졌을 때, 아직도 서 있던 야마시타가 뜻을 굳혔다는 듯 큰소리로 말했다.

"단, 그 친척의 도움을 받으려면 한 가지 조건이 있어."

모두 하던 얘기를 멈췄다.

"무슨 조건인데?"

내가 빨리 말해보라는 식으로 재촉하자, 야마시타는 숲 속 집에서 나와 사방을 두리번두리번 살피는 보잘것없는 설치류처럼 조심스럽게 멤버들의 얼굴을 둘러보고 말했다.

"……여행 대금의 지불을 내게 맡길 것."

야마시타의 발언이 채 끝나기도 전에 "웃기고 있네!" 하는 소리가 사방에서 불거져 나왔다. 야마시타는 그 소리에 감전된 듯 몸을 푸르르 떨었다. 야마시타가 도움을 청하려 나를 쳐다보았다. 나는 천천히, 그러나 단호하게 고개를 옆으로 저었다.

야마시타는 '사상 최악의 어리바리 사나이'로 유명하다. 예를 들면 반 전원이 커닝을 하는데 혼자서만 들키지를 않나, 가부키 거리를 여러 명이서 어슬렁어슬렁 걸어갔는데 혼자서만 유독 야쿠자에게 걸려 시비가 붙지를 않나. 그 외에도 더 좀비스는 질풍처럼 나타나 질풍처럼 사라지는 무명의 게릴라 집단을 표방하고 있는데, 세이와를 두 번째 습격하던 날에는 저 혼자 선생에게 붙잡히는 바람에 우리 신분이 백일하에 드러나고 말았다.

"네가 지금까지 잃어버린 돈을 합하면 전부 얼마가 되지?"

내가 그렇게 묻자, 야마시타는 길바닥에 떨어진 개똥이라도 밟은 듯한 표정을 지었다.

"그거 보라니까."

사방에서 왁자지껄 그런 소리가 터져 나왔다. 하지만 나는 한 가지 의문이 들었다. 자신의 약점을 충분히 아는 야마시타가 모두의 양해를 구하기 어려운 조건을 굳이 내미는 이유는 무엇일까?

"왜 꼭 너 혼자서 그 일을 맡아야 하지?"

내가 물었다.

야마시타는 미간을 잔뜩 찡그리고 말했다.

"나는 '신금왕'이 되고 싶어서 그래……."

야마시타는 졸업 후 신용금고에 취직하기로 결정된 상태였다. 그래서 이번 일을 무사히 치러 졸업 후의 영업활동에, 더 나아가서는 장래의 야망에 이 일을 자기 나름의 시금석으로 삼겠다는 생각인 듯했다.

나는 교단에 서 있었기 때문에 모두의 얼굴을 잘 볼 수 있었다. 야마시타가 '신금왕'이라고 말했을 때, 멤버 전원의 얼굴에 꿈을 꾸는 듯한 표정이 번졌다. 몇 명의 뺨은 분홍색으로 물들기까지 했다. 몇 명은 와우! 하면서 섹시한 숨을 토했다. 하렘이라도 연상한 것이리라. 모두들 '왕'이라는 단어의 울림에 넋을 잃었다. 이렇게 말하는 나 역시 그랬다. 더 좀비스의 멤버는 하나같이 허풍을 좋아했다.

야마시타의 승리였다. '왕이 되고 싶다'는 인간을 막을 수는 없었다. 더구나 요즘 행복에 겨운 멤버들은 꽤 낙관주의자로 돌아선 상태였다.

자금을 맡고 있던 나는 야마시타에게 47명 전원의 여행 자금을 건넸다.

"제발 잃어버리지 마라, 부탁이다."

내가 그렇게 말하자, 야마시타는 "마, 맡겨 줘." 하고 우물거렸다.

모임이 끝난 후, 더 좀비스의 창설 멤버 중 한 명인 가야노가 저녁을 같이 먹자는데도 나는 할일이 있다고 거절했다. 가야노는 피식, 의미심장한 미소를 띠고 말했다.

"손은 잡아봤어?"

나는 순간적으로 주춤하고는, 시끄러워, 하고 말했다. 가야노의 미소가 깊어졌다.

맞는 말이다. 나는 아직 손도 잡아보지 못했다.

2

그녀가 뛰어들듯 가게로 들어와 숨을 고르며 테이블을 두리
번두리번 돌아보자, 가게 안에 있던 모든 남자들의 시선이 일
제히 그녀 시선을 좇았다. 동그란 눈동자가 내가 있는 곳에서
멈추자, 그녀 얼굴 전체에 미소가 퍼지면서 귀여운 뻐드렁니가
드러났다. 남자들의 시선이 그녀에게서 내게로, 그리고 테이블
에 놓인 고교 마크가 찍힌 내 책가방으로 옮겨갔다.

이내 가게 안에 공민권 운동 시대의 미국 남부 같은 분위기
가 퍼졌다. 이유는 간단했다. 그녀가 세이와 교복을 입고 있었
기 때문이다. 나와 그녀가 다니는 고등학교가 있는 구에서는
암묵의 인종차별 운동이 추진되고 있었다.

그녀는 내가 앉아 있는 테이블 앞으로 뛰어와, 미간에 작고

귀여운 주름을 짓고는 두 손을 모으고 사과했다.

"미안."

30분 지각이었다. 내가 "왜 이렇게 늦었어." 하고 투덜거리
자 거의 동시에 가게 안에서 "쯧!" 하고 혀를 차는 소리가 합창
처럼 울렸다. 엉뚱하게 린치를 당해 '기묘한 과일'이 되고 싶지
는 않았다.

"나가자."

우리는 다카다노바바 역 앞에 있는 웬디스에서 나왔다.

한 달 전에 그녀를 알게 되었다. 멤버의 여자 친구가 소개해
주었다. 내가 소개를 부탁했다. 나는 석 달 전부터 불면증 비슷
한 것에 시달리면서 몹시 힘겨운 나날을 보내고 있었다. 여자
나 사귀면 기분전환이 될까 하고 생각했던 것이다.

불면증 원인은 꿈에 나타나는 히로시였다. 내가 히로시를
마지막 본 때는 히로시가 죽기 12시간 전이었다. 히로시는 꿈
속에 뼈와 거죽만 남은 비쩍 마른 그때 모습으로 나타났다. 나
는 그 모습에 떨었다. 죽는 것이 무서웠다. 나는 이제 열여덟 살
이고, 영원히 살 수 있으리라 생각하고 있었다. 그랬다, 히로시
가 죽기 전까지는.

멤버의 여자 친구와 함께 약속 장소에 나타난 그녀는 메탈
릭한 노랑머리도 아니었고, 말기 간경변 환자처럼 누르끄레한

피부도 아니었고, 세탁기의 호스처럼 쭈글쭈글한 삭스를 신고 있지도 않았다. 예쁘장한 귀가 드러나는 짧은 머리는 겨울잠에서 깨어난 새끼 곰처럼 활달한 그녀 분위기와 정말 잘 어울렸다. 검고 동그란 눈동자는 해변에서 공놀이를 하는 골든 리트리버의 눈동자처럼 반짝거렸다. 그리고 발목은 임팔라의 발목처럼 잘록했다. 그것만으로도 충분한데 만난 지 1분이 지난 후, 그녀는 다소 긴장된 미소를 띠고 내게 말했다.

"그때, 너무너무 멋있었어요."

'그때'란 마지막으로 세이와를 습격한 때를 말한다. 그녀는 나의 활약상을 처음부터 끝까지 지켜보았던 모양이다. 만난 지 1분 30초 후, 나의 고추는 단단하게 곤추서 있었다. 그녀의 '너무너무'란 말의 울림이 너무도 귀여워, 그에 반응한 것이었다. 멋진 징조였다.

나는 그녀를 처음 만난 날 밤에 그녀에게 전화를 걸어 이렇게 말했다.

"너를 위해서라면 30일을 계속해서 막노동을 해도 좋아. 그리고 그 돈으로 너에게 반지를 사주겠어."

그러고는 장밋빛 나날이 시작되었어야 하는데…….

웬디스에서 나온 우리는 와세다 쪽으로 걸었다.

달이 뜨지 않은 한겨울의 밤하늘은 매직펜으로 빈틈없이 칠

한 것처럼 새까맣고, 이따금 몰아치는 바람은 마치 얼음으로 만든 칼을 살에 갖다 대는 것처럼 차가웠다. 그녀가 더플코트 단추를 채우려고 해서, 가방을 들어주었다. 그녀가 부드러운 미소로 나를 쳐다보았다. 아주 자연스러운 미소였다. 거의 매일 만나는 탓인지, 우리 사이에 남들 대하는 듯한 어색함은 거의 없었다.

메이지 거리에 다다를 때까지 그녀는 학교에서 생긴 일을 재미나게 조잘거렸다. 쉴 새 없이 토해내는 하얀 숨이 마치 만화 속에 나오는 말풍선 같았다. 나는 열심히 얘기를 들으면서 맞장구를 쳤다. 그러나 사실 그녀 얘기가 거의 귀에 들어오지 않았다. 왜냐하면, 내 뒷덜미 언저리에 떠 있는 히로시의 얼굴이 나를 빤히 쳐다보고 있는 듯한 느낌 때문이었다. 나는 가끔 뒤돌아 히로시의 모습을 지웠다. 하지만 앞으로 고개를 돌리면 또 히로시가 나타나 나를 원망스럽게 쳐다보았다.

"도야마 공원에 가자."

갑자기 그녀 말이 귀로 날아들었다. 어느 틈에 왔는지 메이지 거리였다. 나는 고개를 끄덕였다.

우리는 메이지 거리에서 오른쪽으로 돌았다. 그리고 도야마 공원에 도착할 때까지, 그녀는 지금 리허설을 하느라 한창 바쁜 졸업 기념 공연에 대해 또 조잘조잘 재미나게 얘기했다. 그녀는 연극부 부장이고, 그 마지막 무대에 심혈을 기울이고 있었다. 그녀는 〈로미오와 줄리엣〉의 로미오 역이었다. 보이시한 그녀에게 잘 어울리는 배역이었다.

나는 말없이, 그러나 필사적으로 그녀 말에 귀를 기울이면서 걸었다. 도야마 공원 입구로 이어지는 계단 앞에 도착했다. 열 계단 정도 올라갔을 때, 옆에 그녀가 없다는 것을 알았다. 멈춰 서서 돌아보자, 그녀는 아직도 보도에서 나를 올려다보고 있었다. 그러고는 갑자기 무슨 생각이 났는지 팔을 벌리고 큰 소리로 외쳤다.

"사랑의 가벼운 날개로 저 담을 넘어왔습니다! 돌담 따위에 사랑을 몰아낼 힘이 있을 리 없지요!"

내가 멍하게 있자 그녀는 진지한 얼굴로 말했다.

"〈로미오와 줄리엣〉의 그 유명한 발코니 장면 중에서 로미오의 대사야. 몰랐어?"

나는 고개를 끄덕였다. 그녀는 부끄럽다는 듯이 살짝 미소지었다. 나는 다시 보도로 내려가 그녀의 손을 꼭 잡고 그녀와 함께 계단을 올라갔다. 여자 손은 정말 작고 부드럽네, 하고 생각했다. 이어 이 손이 고추를 만지면, 하는 요상한 상상에 고추가 딱딱해졌을 때, 어이없게도 히로시는 여자 손을 잡아본 일이 있을까, 하는 생각이 떠올라 내 고추는 단박에 쪼그라들고 말았다.

가로등 빛이 동그마니 떠 있는 광장 벤치에 앉아, 나는 그녀에게 온갖 바보 같은 얘기를 생각나는 대로 해주었다. 더 좀비스의 어떤 멤버가 '나의 부끄러운 사진'이라는 통신판매처에 돈을 보냈더니 여자의 갓난아기 적 발가벗은 사진이 배달되었다는 얘기며, 야마시타가 프로 레슬링을 보러 갔을 때 흥분한 외국인 레슬러가 철제 의자를 객석으로 내던졌는데, 그게 당연한 일이듯 야마시타 머리통을 맞혀 그가 기절했던 얘기며. 그녀는 까르르 까르르 잘 웃어 주었다. 어쩌면 나는 변태인지도 모르겠다. 그녀 웃음소리에 또 흥분하고 말았다. 그리고 고추가 딱딱해져 도저히 어쩌지 못한 나머지 그녀 어깨로 손을 뻗었을 때, 또 히로시의 얼굴이 떠올랐다. 히로시는 동정인 채로 죽었다. 내 고추는 다시 단박에 쪼그라들었다. 지난 한 달 동안 내 고추는 딱딱해졌다가 쪼그라들기를 수도 없이 반복했다.

나는 손목시계를 보고 그녀에게 말했다.

"늦었다."

다카다노바바 역에서 전철을 타고 그녀 집이 있는 역까지 바래다주었다. 개찰구에서 내가 그럼 또 보자고 하는데도 그녀는 아무 대답 하지 않았다. 그리고 내가 왜 그래? 하고 묻자, 그녀가 갑자기 뜬금없는 소리를 했다.

"우리 언니가 그러는데."

"언니가 뭐라고?"

"한 달 동안이나 사귀면서 몸을 원하지 않는 남자는 게이든지, 아니면 그 여자에게 매력을 못 느끼든지, 둘 중 하나라고."

나는 깜짝 놀라 잠시 말을 잃었다. 그녀 역시 놀라는 표정이었다.

"게이니?"

나는 부르르 고개를 옆으로 흔들었다.

"너네 언니가 잘못 알고 있는 거야. 그렇지 않은 경우도 있어."

그녀는 조금은 안심했다는 듯 소리 없이 숨을 내쉰 후, 고개를 끄덕이면서 속삭이듯 말했다.

"나랑 있으면 심심해?"

나는 또 고개를 옆으로 부르르 흔들었다.

"왜 그렇게 생각하는데?"

"음, 늘 재미없어 하는 표정이어서."

"……아니야, 그렇지 않아. 재미있어."

"그렇다면 우리, 웬디스에서 나온 다음에 무슨 얘기 했는지 알아?"

10초 후, 나는 대답 대신 한숨을 쉬었다. 내가 뭐에 정신이 팔렸는지, 뭐라 제대로 설명할 자신이 없었다. 그녀는 골이 났는지, 아니면 속이 상했는지 모를 애매한 표정을 지으며 말했다.

"그리고, 나한테 너라고 하지 마……."

그녀는 내가 줄곧 들고 있던 그녀 가방을 내 손에서 낚아챈

다음 한 번도 뒤돌아보지 않고 개찰구로 뛰어갔다.

　나는 깊고 깊은 한숨을 쉬었다. 또 뒷덜미 언저리에서 누군가의 시선이 느껴졌다. 돌아보았다. 히로시는 아니었다. 개찰구 옆 작은 사무실에 있는 젊은 역무원이, 엿이나 먹으라는 식의 음침한 미소를 띠고 나를 쳐다보고 있었다. 제길.

3

다음 날, 더 좀비스는 다시 모임을 가졌다.

우려한 일이 현실이 되었다. 약속 시간보다 다소 늦게 교실에 들어온 야마시타의 눈가가 개그 분장에서 흔히 사용되는 푸르뎅뎅하고 둥그런 멍처럼 시퍼랬다. 입술도 뻘겋게 몇 군데나 찢겨 있었다. 야마시타는 모두의 시선을 외면하고 제일 앞자리에 앉았다. 어깨를 파들파들 떨고 있었다. 그리고 긴장한 탓인지 1분에 한 번꼴로 딸꾹질을 했다.

우리는 무슨 일이 벌어졌는지 이미 눈치 채고 말았다. 멤버 중 몇 명은 한숨을 쉬면서 체념한 표정으로 고개를 천천히 옆으로 저었다.

답답한 분위기 속에서 사회 격인 내가 어떤 식으로 모임을 시작하면 좋을지 망설이고 있자, 맨 뒷자리에 앉아 〈죽음에 대하여〉를 읽고 있던 순신이 탁 소리를 내며 책을 덮었다. 그리고 천천히 자리에서 일어나 야마시타의 오른쪽 옆자리로 걸어갔다. 오른쪽 눈꼬리에 세로로 나 있는 5센티미터가량 되는 흉터가 붉게 물든 듯 보였다. 의자에 앉자마자 순신이 말했다.

"시작하자."

교실이 잠잠해졌다. 나는 진행상 어쩔 수 없이 야마시타에게 물었다.

"여행 대금 잘 지불했어?"

야마시타가 간신히 고개를 들었다. 야마시타는 창백한 얼굴에 미소를 띠려 안간힘을 쓰면서, "미안하다!" 하고 외친 후, 오른손을 교복 주머니에 넣고 조그만 나이프를 꺼냈다. 만약 그때 야마시타를 그냥 내버려두었다면 나는 친구의 죽음을 두 번이나 목격했을지도 모른다.

야마시타가 나이프를 꺼내는 순간 순신의 손이 야마시타의 오른손목으로 날았다. 마치 적의 칼부림으로부터 동지를 지키려는 열사처럼 재빠른 손놀림이었다. 나이프는 야마시타의 손에서 떨어져 교단에 서 있는 내 발치로 날아왔다. 상황을 파악한 나는 얼른 나이프를 주워 교복 주머니에 넣었다.

순식간에 일어난 일이었다. 교실에 있는 거의 대부분의 멤버들은 영문을 몰라 멍한 표정이었다. 순신은 자기를 보면서 어이없어하는 야마시타의 머리를 힘껏 쳤다.

"이런, 바보 자식."

그다음 순간, 야마시타는 순신의 품으로 몸을 날려 엉엉 울기 시작했다.

그때가 되어서야 간신히 사태를 파악한 멤버들이 순신과 야마시타 주위로 모여들었다. 우리는 한참이나 야마시타의 통렬한 울음소리를 들어야 했다.

야마시타의 울음소리가 그칠 즈음, 멤버들은 한 명씩 야마시타의 머리를 마구 쓰다듬고는 자리로 돌아갔다. 순신은 야마시타의 양 어깨를 잡고 야마시타의 얼굴을 가슴에서 떼어내며 말했다.

"너, 신용금고에 취직하는 거, 결정 났잖아. 우리는 네가 다니는 지점에 강도가 들어서, 강도가 네 놈을 인질로 잡아 산탄총이나 뭐 그런 걸 들이대는 장면을 텔레비전에서 볼 날을 기대하고 있을 거니까."

다른 멤버들도, 그럼, 그럼, 하고 내뱉었다. 순신이 다시 말했다.

"우리 기대에 답할 때까지 절대 죽을 생각 마. 알았지?"

야마시타는 몇 번이나 고개를 끄덕이더니, 이제야 정신 차린 목소리로 말했다.

"응, 열심히 할게."

야마시타는 여행사가 있는 시부야에서 고등학생인 듯한 남자 네 명에게 120만 엔 가까운 금액을 날치기당했다.

그 말을 들은 멤버들은 격노했다. 범인을 찾아내 콘크리트 신발을 신겨서 도쿄 만에 내던져 '사랑의 수중화'로 만들어버리자는 의견이 나왔다. 실행을 하느냐 마느냐는 둘째 문제였다. 아무튼 야마시타에게 범인의 인상착의를 물었다.

"머리가 길고, 피부색이 까맸어."

우리는 머리를 쥐어짰다. 시부야에는 흔히 있는 패거리다. 범인 찾는 일이 난항을 겪을 듯했다. 그러나 여행사에 신청할 수 있는 기간은 앞으로 한 달밖에 남아 있지 않았다.

우리는 일단 응급조치 차원에서 다시 아르바이트를 해 돈을 벌기로 했다. 교과 과정이 모두 끝나, 등교를 하든 안 하든 자유였다. 그 기간 동안 47명 전원이 아르바이트를 뛰면 그럭저럭 벌 수 있는 금액이었다. 하지만 멤버들 대부분이 취직자리가 정해져, 취직 후에 필요한 운전면허나 각종 자격증을 따기에 바빠 아르바이트를 할 틈이 없었다. 그래서 뮤지션이나 화가와 소설가를 지망하는 멤버들, 그리고 전문학교 진학파 같은 한가한 멤버들이 풀가동으로 아르바이트를 하게 되었다. 그 중에는 유일하게 대학 진학을 희망하는 나도 포함되었다. 나는 올 입시는 포기하고 재수를 결심한 터라 시간이 넘쳐났다. 프로 골퍼를 지망하는 순신도 시간이 많았지만, 아르바이트 대신 날치기 범인 수색을 자원했다. 중학 시절의 후배 몇 명을 데리고.

"내가 어떻게든 찾아낼게."

순신은 그렇게 말하고 대담하고 흉악하게 웃었다. 눈꼬리 흉터가 선명한 빨간색으로 물들어 있었다.

"오늘 모임 되게 좋았지."

가야노가 싱글거리며 말했다. 나도 고개를 끄덕였다. 정말 전성기의 더 좀비스가 떠오르는 대목이 군데군데 있었다.

"미안하다, 알바하는 거 도와주지 못해서."

가야노가 미안하다는 듯 말했다. 아버지가 형무소에 있는 가야노는 집안 살림을 꾸리느라 벅차서 다른 아르바이트를 뛸 시간이 없었다. 나는 가야노의 어깨를 툭툭 치면서 말했다.

"별거 아닌데 뭘."

"아기한테 갈 거지?"

가야노가 물었다.

나는 응, 하고 대답했다.

4

모임이 끝난 후 나는 곧바로 아기를 만나러 갔다.

아기가 늘 진을 치고 있는 학교 식당으로 가보았지만 그의 모습은 없었다. 모습은커녕 아기가 상담소 책상으로 사용하는 6인용 테이블마저 제자리로 돌아가 있었다. 평소 같으면 금방 알 수 있도록 그 테이블만 식당 한 구석에 놓여 있었는데. 나는 불길한 예감이 들어서 서둘러 교정에 있는 공중전화 부스로 달려가, 아기의 휴대전화 번호를 눌렀다. 벨소리가 울리고, 전화를 받을 수 없다는 메시지가 흘렀다. 수화기를 내려놓았다. 나는 학교에서 나와 어떤 장소로 향했다.

내 동급생 '사토 아기날드 겐'은 일본 사람과 필리핀 사람 사이에서 태어난 혼혈이다. 필리핀 사람인 엄마 쪽에 스페인과 화교의 피가 섞여 있어, 그는 4개국의 DNA를 지닌 슈퍼 하이브리드 종으로 태어났다. 몇 가지 품종을 섞은 쌀이 찰기가 있고 맛도 있는 것처럼, 아기도 생명력이 강하고 아름다웠다. 그런데다 고추도 컸다.

그런 아기는 고등학교에 다니면서 돈깨나 있는 중년 아줌마를 상대로 소위 '물 찬 제비' 노릇을 해서 돈을 벌었다. 아기의 꿈은 진정한 코즈모폴리턴이 되는 것이었다. 돈은 이 세계에서 살아가기 위한 보편적인 무기이기 때문에 버는 것이었다.

"엔이 비싸져서, 버는 보람이 있다니까."

아기는 돈 많은 중년 아줌마들을 상대로 구축한 커넥션과, 작당을 하지 않고 프리랜서로 살아남기 위해 축적한 잡다한 지식을 활용해 교내에 상담소를 차렸다. 물론 유료다.

아기는 교내에서 전설적 인물이었지만 혹자는 '돈 귀신'이라 부르며 아기를 바보 취급하기도 했다. 아기와 나는 한 달에 한 번, 아기의 집에서 영화를 본다. 가끔은 아기의 미인 엄마도 같이 영화를 본다. 지난번에는 셋이 〈금지된 장난〉을 보았다. 아기의 매끈한 구릿빛 피부 위로 구슬 같은 눈물이 흘러내렸을 때, 나는 안겨도 좋다고 생각했다.

아무튼 나는 아기를 나쁘게 말하는 놈을 용서할 마음이 없다.

학교에서 10분 정도 걸어 재즈 찻집 '무드 인디고'에 도착했다. 출입문을 열고, 가게 이름을 충실하게 실천하고 있는 어두컴컴한 실내로 들어섰다. 눈이 어둠에 적응하는 데 잠시 시간이 걸렸다. 눈을 찌푸리고 가게 구석에 있는 테이블을 보자, 역시 아기가 나를 향해 가볍게 손을 흔들고 있었다.

실내에는 '베이비 겟 로스트'를 노래하는 빌리 홀리데이의 우수에 찬 목소리가 흘렀다. 나는 아기와 마주앉았다.

"어쩐 일이냐?"

아기가 물었다.

"알바 자리 좀 알아보려고."

내가 말했다.

"어떤 거?"

"단기에 위험하지 않은 일로."

"무슨 일 있어?"

나는 야마시타에 얽힌 일련의 사건을 아기에게 털어놓았다. 아기는 얘기를 들으면서 우아하게 웃었다.

"야마시타답군."

빌리 홀리데이가 여섯 곡을 부르는 동안에 나와 아기는 거래를 끝냈다. 일곱 번째 곡이 시작될 쯤에야 주인이 물잔을 들고 우리 자리에 나타났다. 주인은 내게 주문을 받고는 말했다.

"히로시 군 일은, 참 안됐어."

나와 아기는 말없이 고개만 끄덕였다. 커피가 나오고 일곱 번째 곡이 끝나자 빌리 홀리데이 목소리 대신 클리포드 브라운이 부는 트럼펫 소리가 실내에 울려 퍼졌다. 히로시는 클리포드 브라운을 무척 좋아했다.

아기는 트럼펫 소리에 귀 기울이면서 중얼거렸다.

"클리포드 브라운은 스물다섯 살에 죽었지. 소울이 너무 강했던 거야. 소울이 강한 인간은 신의 레이더에 걸리기 쉽거든. 그런 인간을 곁에 두고 싶어 해서 말이야. 그래서 그런지 소울이 너무 강한 인간들은 하나같이 젊은 나이에 하늘나라로 가버린다니까."

나는 잠자코 고개만 끄덕였다.

◆ ◆ ◆

고등학교 입학식 날, 나와 히로시와 순신과 아기와 가야노는 체육관에 죽 진열된 의자의 같은 열에 나란히 앉아 있었다. 그리고 나중에 우리 모두가 같은 반이라는 것을 알고는 운명적인 연대감을 느끼고 쑥스러워했다.

입학식은 식순에 따라 '기미가요' 제창으로 시작되었다. 학생들과 학부형들의 높낮이가 없는 탁한 노랫소리가 체육관을 메웠다. 나와 히로시와 순신과 아기와 가야노는 입을 꾹 다물고 '기미가요' 선율을 무시했다. 다른 녀석들이 무슨 속셈으로 노래하지 않았는지는 모른다. 그 즈음 나는 부모가 이혼한 탓에 늘 짜증만 내는 반항아였다. 그러니까 '기미가요'가 어떻다느니 그런 게 아니라 전원이 무감각하게 노래를 부른다는 행위 자체가 마음에 들지 않아 무시했던 것이다.

우리는 서로의 얼굴을 쳐다보며, '왜 너희들은 노래 안 부르냐?' 하는 시선을 주고받았다. 하지만 진짜 이유 따위는 아무래도 상관없었다. 우리는 그때 그 자리에서 '기미가요'를 부르지 않았다는 공통항으로 충분히 친해질 수 있었다.

그렇게 서로를 알고 얼마 안 되어서부터 우리는 종종 수업을 빼먹고 옥상에 올라가 담배를 피웠다. 그러던 어느 날, 우리 중에 누가 제일 싸움을 잘하는지 겨루게 되었다. 어쩌다 그렇게 되었는지, 동기는 잘 기억나지 않는다. 아마도 남아도는 시간을 어째야 좋을지 몰라서였을 것이다.

아기는 얼굴이 장사 밑천이라서 심판을 맡았다. 나와 순신과 히로시와 가야노는 옥상을 링 삼아 한판 싸움을 벌였다. 가야노는 순신에게 30초 만에 무릎을 꿇었고, 나는 1분을 버텼다. 히로시는 5분을 끌었다. 다만 히로시는 얻어맞고 쓰러져도 몇 번이나 헤실헤실 웃으면서 일어나 순신에게 덤볐다. 그래서 아기가 TKO를 선언했다.

싸움이 끝난 후 담배를 피우면서 얘기했다. 그때야 비로소 순신이 중학 시절에 도쿄 불량배들 사이에서 모르는 자가 없을 만큼 유명한 불량소년이었다는 것을 알았다. 중학교 졸업식 날, 순신이 다녔던 학교 정문 앞에 야쿠자들이 순신을 스카우트하기 위해 꽃다발을 들고 줄줄이 대기했다고 한다.

"무투파 야공(야쿠자)이 꽉 줄어서, 속전력이 필요했던 거지."

순신은 필터에 피가 묻은 담배를 손가락으로 탁 퉁겨 날리고, 새 담배에 불을 붙이며 말했다.

"조건은 나쁘지 않았어. 계약금도 꽤 됐고, 여자도 마음대로 안을 수 있다고 했는데."

"그런데 왜 안 했어?"

가야노가 피가 흐르는 콧구멍을 막으려고 화장지를 똘똘 말면서 물었다.

순신은 쓸쓸하게 웃으면서 대답했다.

"나는 어떤 세계에서든 톱이 되고 싶거든. 그런데 야쿠자 세계에서는 절대 톱이 될 수 없으니까 관뒀지."

"그런 걸 어떻게 알았는데?"

아기가 물었다.

순신은 눈꼬리에 난 흉터를 긁적거리면서 대답했다.

"나는 사람을 죽일 수 있다고 생각했어. 그런데 못 죽였어. 사람을 죽이지 못하는 야쿠자는 야쿠자가 아니잖아. 야쿠자도 아니면서 어떻게 야쿠사의 톱이 될 수 있겠냐고."

"좀 더 자세하게 얘기해 봐."

콧구멍에 화장지를 밀어 넣은 가야노가 코맹맹이 소리로 말했다.

순신은 담배 연기를 뿜어내고 다시 말했다.

"나는 말로는 어떤 차별을 당해도 전혀 상관없어. 그 인간의 이빨을 팍 부러뜨려 놓으면 그만이니까. 하지만 '조선으로 돌아가라'는 말만은 참을 수가 없어. 그 말은 우리 할아버지를 모욕하는 말이거든. 우리 할아버지는 강제로 일본에 끌려왔어. 할아버지는 좋은 사람이었다고. 내게는 그 할아버지의 피가 흐르고 있고. 그러니까 '조선으로 돌아가라'고 하는 일본 사람을 죽일 수 있다고 생각했어. 그런데 언젠가 내게 대놓고 그런 소리를 지껄인 놈이 있었는데, 결국 죽이지 못했어."

"왜?"

가야노가 물었다.

순신은 겸연쩍은 듯 입술을 비틀며 웃고는 대답했다.

"목을 팍 비틀려고 그 놈의 목을 두 손으로 움켜잡았는데, 그때 컴퓨터가 떠오르더라니까."

"컴퓨터?"

내가 물었다.

순신이 고개를 끄덕였다.

"그 전날, 아버지가 컴퓨터를 사줬거든. 사람을 죽여서 경찰에 잡혀가면 컴퓨터가 아깝겠다는 생각이 들더란 말이지."

우리는 큭큭 웃었다. 순신은 심각한 표정으로 덧붙였다.

"굉장히 좋은 컴퓨터였어."

우리는 그 말이 또 우스워서 낄낄 웃었다. 순신도 덩달아 웃었다. 그러고는 불현듯 서글픈 표정을 짓고서 말했다.

"재일이라는 핸디캡만 갖고는 사람을 죽일 수 없어. 네다섯 가지는 더 있어야지. 나는 이 나라에서 태어나서 아무 불편 없이 컸어. 그래서 어렸을 때는 내가 왜 차별을 받는지 몰랐지. 화가 나니까 걸리는 놈들은 모조리 두들겨 패주기로 했어. 그런데 말이야, 요즘 들어 알겠더라. 싸움에서 아무리 이겨본들, 결국 나는 패배자라는 것을. 무슨 말인지 알겠냐? 승부는 언제나 다수 쪽이 이기게끔 되어 있어."

그때까지 잠자코 있던 히로시가 입을 열었다.

"내 꿈은, 수상이 되는 거야."

우리는 일제히 히로시의 얼굴을 보았다. 히로시의 코는 순신의 강펀치에 비뚤어졌고, 오른쪽 눈은 퉁퉁 부어올랐고, 아랫입술은 세로로 깊이 찢어져 피가 줄줄 흐르고 있었다.

"수상이라니, 총리대신 말이야?"

내가 물었다.

히로시가 싱긋 웃었다. 앞니가 하나 없었다. 하지만 3백만 불짜리 웃음이었다.

"내가 납득할 수 없는 건, 다 바꾸고 싶어."

시간이 정지된 듯한 기분이 들었다. 우리는 잠시 아무 말 없이 서로의 얼굴을 쳐다보다가, 다 같이 키들키들 웃었다. 히로시 옆에 있던 아기가 집게손가락으로 히로시의 심장 언저리를 톡톡 쳤다.

"너는 아주 강한 소울을 갖고 있어. 우리 맘이 그러는데, 인생에서 가장 중요한 것은 강한 소울을 갖는 거래."

아기가 그렇게 말했을 때, 강력한 일본 소울을 갖고 있는 민족계 체육 선생 망키 사루지마가 그 씩씩한 모습을 옥상 입구에 드러냈다.

입에 담배를 물고 있는 우리를 본 망키는 "이 짜식들!" 하고 소리를 지르면서 우리에게 달려와 초고속 따귀를 휙휙 갈겼다. 우리는 각자 따귀 열 대, 박치기 네 번, 걷어차기 세 번, 밭다리 후리기 두 번, 돌려차기 한 번씩을 먹었다. 그리고 첫 정학을 당했다.

◆ ◆ ◆

"요즘 히로시 꿈을 자주 꾼다, 나."

아기가 말했다.

"히로시가 캄캄한 어둠 속에서 나를 빤히 쳐다보는 거야. 내가 무슨 말 좀 해보라고 애원하는데도, 히로시는 아무 말 않고 내 얼굴만 쳐다봐. 나는 무서워서, 벌떡 일어나는데……."

나는 희미하게 고개를 끄덕였다. 순신과 가야노도 비슷한 말을 했다.

나는 지갑에서 '상담료' 천 엔을 꺼내 아기에게 내밀었다. 아기는 돈을 받아 교복 안주머니에 넣고는 대신 만 엔짜리 다섯 장을 꺼내 내게 내밀었다.

"뭐냐, 이건?"

내가 물었다.

"히로시 무덤에 꽃이라도 사다줘."

여느 때의 아기와는 다른 느낌이었다. 나는 학교 식당 테이블을 떠올렸다.

"그러고 보니까 너, 그 테이블 제자리로 가 있더라."

"상관없어. 상담소 문 닫았어. 그보다 빨리 이 돈 받아."

아기는 그렇게 말하고 만 엔짜리 지폐를 팔락팔락 흔들었다. 나는 받아들고 말했다.

"졸업 때까지 아직 시간 있잖아."

아기는 천천히 고개를 저었다.

"나, 오늘로 학교와 안녕이야."

"왜?"

"목표한 돈 다 모았어. 그러니까 세계 여행 떠날 거야. 내일이나 모레쯤이면 유럽에 있을걸."

"졸업식은 어떻게 하고?"

아기는 한심하다는 미소를 지었다.

"졸업식에 참가하면 누가 돈 주냐? 그런 거 해봐야 아무 의미 없어."

내가 아무 대꾸도 하지 않자 아기는 생각났다는 듯 또 말했다.

"여기도 한 달쯤 지나면 문 닫으려나 봐. 요즘 세상에 재즈 찻집, 화석이잖아, 화석."

"그렇구나……."

아기는 넉살좋게 말을 이었다.

"나도 슬슬 어둠 속에서 빠져나와 빛의 세계로 이동할 시기야."

내가 할 말을 찾고 있는데, 아기는 몇 번이나 안겨도 좋을 만큼 매력적인 미소를 머금고 말했다.

"내 목표는 7대양의 항구마다 여자를 만드는 거야. 여자 한 명 생길 때마다 너에게 편지 쓸게."

출입구 문이 열리고 바깥 세계의 빛이 비쳤다. 나는 눈을 찌푸리고 문 쪽을 보았다. 순간, 내 눈을 의심했다. 그러나 틀림없었다. 거기에는 지금 인기 절정에 있는 여고생 아이돌 스타의 세일러복 모습이 서 있었다.

아기는 귀찮다는 듯 손을 올리면서 조그만 목소리로 말했다.

"큰일 났다."

아기는 나긋나긋한 손놀림으로 전표를 집어 들고 자리에서 일어났다. 그리고 히로시 못지않게 빛나는 미소를 띠고 말했다.

"굿바이, 아흐 봐, 아우프 비더젠, 아리베데르치, 다스비다냐, 아디오스, 짜이찌엔, 또 보자."

아기는 나를 남겨두고 빛이 넘치는 세계로 나아갔다.

그날 밤, 그녀에게 전화를 걸었다. 그녀에게 잘못된 지식을 심어준 그녀 언니가 전화를 받아 동생은 아직 집에 안 들어왔다고 마치 자동응답기 같은 목소리로 말했다. 밤 11시였다. 있는데 없다고 하는 것이다. 나는 한숨을 쉬고 전화를 끊었다.

5

　아기와 헤어진 지 이틀이 지났다. 나는 야마시타를 데리고 다케시바 부두로 갔다. 그리고 오가사와라의 치치 섬으로 가는 페리 티켓을 사서 야마시타에게 건넸다. 아기와 의논한 결과, 야마시타를 치치 섬의 커피 농장에 보내기로 한 것이다. 아기 왈 "오가사와라의 커피 농장이 지금은 각광을 못 받고 있지만 앞으로는 유망"하단다. 도민들도 일손을 원했다. 야마시타를 치치 섬에 보내는 것에 대해 멤버들 사이에서 일종의 유배가 아니냐는 형벌설이 대두되었지만, 실은 나와 아기가 오가사와라의 자연환경이 슬럼프에 빠져 있는 야마시타에게 큰 기분 전환이 될 것이라고 오히려 배려한 것이었다.

　페리가 출발하기를 기다리는 동안, 나와 야마시타는 부두

벤치에 앉아 캔 커피를 마시면서 바다 뒤에 떠 있는 페리의 모습을 물끄러미 바라보았다.

커피를 다 마신 야마시타가 말했다.

"어제 저녁 신문 봤어?"

나는 고개를 저었다. 야마시타가 가느다란 목소리로 말을 이었다.

"인도네시아의 어떤 섬에서, 5미터짜리 거대한 뱀이 서른다섯 살 먹은 남자를 통째로 삼켰대."

"와, 굉장한데."

내가 말했다.

야마시타는 까닥 고개를 끄덕이고는 뭔가를 애원하는 듯한 눈빛으로 내게 물었다.

"오가사와라하고 인도네시아, 왠지 비슷하다는 느낌 안 들어?"

나는 단호하게 고개를 저었다. 페리의 출발을 알리는 기적이 울렸다. 나는 움찔움찔 몸을 비트는 야마시타의 목덜미를 잡고 트랩까지 데리고 가, 야마시타가 자신을 해치려 한 조그만 나이프를 돌려주었다.

"그런 일 생기면, 이걸로 싸워."

야마시타는 간신히 마음을 정한 듯 나이프를 받아들고 말했다.

"만약 정말 뱀에게 먹히면 다 녹아버리기 전에 뼈나 거두러 와 줘."

나는 힘주어 고개를 끄덕였다.

"더 좀비스의 명예를 걸고 그 뱀을 퇴치해 주마."

야마시타는 바다로 떨어지지 않도록 조심조심 트랩 위를 걸어갔다. 나는 야마시타의 등이 선내로 사라질 때까지 그의 뒷모습을 바라보았다.

야마시타를 치치 섬으로 보낸 다음 날 6시 반, 나는 멤버 여덟 명을 거느리고 다카다노바바 역에 내려 걸어서 5분 거리에 있는 니시도야마 공원으로 향했다.

공원은 일용직을 구하려는 사람들로 북적거렸다. 여기저기에 사람들이 중간업자를 빙 둘러싸고 모여 있었다. 나와 멤버들은 그들 사이를 헤치면서 공원 안으로 들어갔다.

람보 요시다 씨가 코끼리 모양 미끄럼틀 위에 앉아서 아래 세상을 내려다보고 있었다. 람보 씨는 내 얼굴을 보더니 잽싸게 코끼리를 타고 스르륵 내려왔다.

람보 씨는 미국에서 태어난 일본계 2세로 베트남 전쟁에 참전한 경험이 있다. 당시 전우가 고엽제 때문에 식물인간이 된 탓에 치료비를 염출하기 위해 일본으로 돈벌이를 왔다. 람보 씨는 특수부대에서 단련한 정신력과 완력과 공평함을 무기 삼은 리더십으로 일본에 온 지 오래되지 않아 막노동계의 대부가 되었다. 나와 멤버는 용돈이 궁하면 종종 막노동 아르바이트를 했는데, 그때마다 람보 씨가 일자리를 구해 주었다.

미끄럼틀에서 지상으로 내려온 람보 씨는 내 어깨를 가볍게 쳤다.

"Long time no see."

나는 히로시의 죽음을 전했다. 람보 씨는 히로시를 늘 듬직하게 여겼다. 람보 씨는 잠시 'I'm sorry.' 하는 표정을 짓고는, 다시 So what? 이란 표정을 지었다. 과연 특수부대 출신답게 상황 파악이 재빠르다.

내가 히로시의 무덤에 찾아가는 데 드는 비용을 벌기 위해 왔다고 얘기하자, 람보 씨는 대기업이 발주한 하청 일을 알선해 주었다. 대기업의 하청 일은 벌이가 꽤 쏠쏠하다. 중간에서 누가 삥땅을 쳐도 일당이 만 엔은 넘는다. 게다가 대기업의 한가한 어르신네들이 자신의 위광을 널리 알리려고 현장을 어슬렁거리는데, 재수 좋게 그런 아저씨들과 마주치면, "학생에게 힘든 일을 시키면 안 되지." 하면서 현장 청소를 시키는 경우가 많다.

나는 람보 씨에게 인사를 하고 멤버들을 부탁한 후, 그 자리를 뜨려고 했다.

"유는 일 안 해?"

람보 씨가 물었다.

나는 실속은 없어도 한껏 몸을 움직이는 일이 하고 싶어서 다른 아르바이트를 할 생각이었다. 람보 씨에게 그렇게 말하자, 그는 내 눈을 빤히 쳐다본 후 상처투성이 울퉁불퉁한 손바닥으로 내 뺨을 어루만지면서 말했다.

"멀리 간 인간이 나쁜 거야. 남아 있는 사람에게 죄책감을 느끼게 하잖아. 그러니까 자기 자리에서 싸우는 사람이 진정한 영웅이 되는 거야, 알겠어?"

나는 고개를 끄덕이면서 땡큐, 하고 말했다.

이리저리 생각한 결과, 이삿짐센터에서 아르바이트를 하기로 했다.

전철과 버스를 갈아타고 아다치 구 어귀에 있는 대규모 이삿짐센터의 영업소를 찾았다. 사전 확인 없이 갔는데 다행히 일거리가 있었다.

우선은 아라카와 구의 한 아파트 단지에서 가쓰시카 구의 아파트로 이사하는 건이 배당되었다. 내가 바라던 대로 한껏 몸을 움직일 수 있는 일이었다. 이사하는 아파트는 엘리베이터도 없는 데다 5층이었다. 비상계단으로 냉장고와 서랍장을 열심히 옮겼다. 겨울인데도 옷이 땀으로 흠뻑 젖었다.

작업이 끝나자 운전사 아저씨가 밖에서 기다리라면서 나를 내몰았다. 아저씨의 속셈은 뻔했다. 이사한 사람이 인사치레로 주는 웃돈을 혼자 챙기려는 것이다.

영업소로 돌아오는 동안 운전사 아저씨와 말을 한마디도 나누지 않았다. 영업소에 도착해 내가 트럭에서 내리려는데 아저씨가 야, 하면서 칼이라도 들이밀듯이 천 엔짜리 한 장을 내밀었다. 얼마나 가로챘을까, 하고 생각하면서 받을까 말까 망설이다가 그냥 받기로 했다. 돈은 돈이다. 고개만 까닥 숙이고 트럭에서 내렸다. 문을 닫기 직전에 아저씨가 퉁명스럽게 말했다.

"세상이 다 그런 거야."

엿이나 먹어라. 힘껏 문을 닫았다. 그래, 엿이나 먹어라.

다음 날은 가야노가 오래도록 일하고 있는 제본소에서 일했다. 일은 아주 간단했다. 아직 제본이 되지 않은 만화 잡지 다발을 눈앞으로 흘러가는 특수한 컨베이어 벨트에 올려놓으면 그만이다. 컨베이어 벨트 앞에 사람들이 죽 서서, 서로 다른 쪽 다발을 올려놓는다. 그러면 벨트를 타고 흘러가는 시차와 낙차에 따라 순서대로 쪽이 맞춰지면서 한 권의 잡지가 완성되는 시스템이다.

내가 선 줄은 〈소년 점프〉 담당이었다. 나는 〈여기는 잘나가는 파출소〉 쪽을 맡았다. 열두 시간 일하는 내내 같은 쪽 다발을 올려놓았다. 세 시간 만에 만화 대사를 전부 외웠고, 네 시간째에는 "난 기계가 아니야." 하고 혼자 중얼거렸고, 다섯 시간

째에는 싫증이 나서 한 사람 건너에 서 있는 안토니오 이노키를 꼭 닮은 아줌마에게 〈원피스〉 쪽 다발로 교대해 달라고 부탁했는데, 아줌마는 "까불지 마." 하고 일언지하에 거절했다. 제길. 결국 여섯 시간째부터는 '료'씨가 증오스러워, "그래서 경찰은 싫다니까." 하고 혼자 중얼거리며 일했다.

일이 끝나 가야노에게 그 얘기를 하자, 가야노는 서글픈 눈빛으로 이렇게 대꾸했다.

"지금도 〈드래곤 볼〉 그림을 보면 속이 다 메슥거려."

다음 날은 멤버 다섯 명과 함께 어느 아이돌 스타의 콘서트에서 경비로 일했다. 콘서트는 밤에 시작하니까 콘서트 장에는 저녁때 가면 되는데, 낮에 악기며 음향기기를 옮기는 일까지 하면 두 배로 돈을 준다기에 우리는 낮부터 일하기로 했다.

이런 아르바이트를 해봤으면 알겠지만, 기기 반입 작업을 하는 소위 '로디' 중에는 반드시 뮤지션이 되려다 만 남자가 있고, 그 남자가 현장을 진두지휘한다. 그런 남자들은 되다 만 탓에 성깔이 더럽고 아르바이트생들에게 괜히 생트집을 잡고 잔소리를 늘어놓는 것을 유일한 낙으로 여기는 치들이 많다. 유감스럽게도 그날 우리는 그런 작자에게 걸렸다. 나는 반입 작업을 하는 동안 13번이나 엉덩이를 세게 얻어맞았다. 그것도 아무 의미 없이. 빌어먹을.

콘서트가 시작되었다. 우리는 객석을 향하고 무대 앞에 진을 쳤다. 무대로 올라오는 팬을 저지하는 역할이었다. 무대 위에서는 영양실조에 걸린 새끼 고양이 울음소리 같은 아이돌 가수의 노랫소리가 들리고, 눈앞에서는 번쩍번쩍 형광색 옷을 입고 그 색에 뒤질세라 피부가 번들거리는 남자들이 3D의 박력으로 꿈틀거리고 있었다. 그럭저럭 두 시간의 고문을 견뎌내고 멤버들과 콘서트 장에서 나오는데, 형광색 패거리들이 우리를 가로막고 섰다.

"너 말이야, 분위기 파악 못하는 거 아니냐?"

놈들 왈, 내가 콘서트 중에 몇 번이나 뒤를 돌아보면서 아이돌 가수에게 야릇한 눈빛을 보냈다는 것이다. 피곤하고 일일이 정색하고 상대하기도 귀찮아 나는 처음 시비를 건 놈의 코에 라이트 스트레이트를 날렸다. 당장이라도 우리와 놈들의 난투가 벌어지려는 때, 누가 뒤에서 내 엉덩이를 힘껏 걷어찼다.

"무슨 짓이야, 너."

낮에 성깔 더럽게 굴던 로디였다. 그런 사연으로 나는 콘서트 장으로 다시 끌려가 인력 파견 회사의 어르신에게 두 시간이나 설교를 들었다. 빌어먹을.

다음 날은 빵 공장에서 제본소에서 일했을 때처럼 완전한 기계가 되어 반죽을 주물렀다. 그다음 날은 가부키 거리에 있는 갈빗집에서 도시락을 배달했다. 야쿠자 사무실로 도시락을 배달했을 때, 오른쪽 귓밥이 없는 야쿠자 아저씨에게 고기가 얇다는 이유로 머리통을 얻어맞았다. 제기랄, 이라고 말할 기운도 없었다. 그다음 날은 람보 씨를 찾아 니시도야마 공원으로 갔다.

코끼리 코를 타고 스르륵 내려온 람보 씨는 히죽 웃고는, "얼굴 보기 좋은데." 하고 말했다.

람보 씨가 소개해 준 현장으로 가려고 전철을 탔다. 같이 현장으로 가는 일용직 아저씨가 말을 걸었다. 비쩍 마르고 앞니가 세 개나 없는 아저씨는, "아들이 살아 있었으면 너 정도 나이였을 텐데……." 하고는 마치 첫 손자를 보는 듯한 눈빛으로 나를 보았다. 내가 "아드님은 어쩌다가 죽었는데요?" 하고 물어도, 아저씨는 아무 대답도 하지 않았다. 그저 처량한 눈길로 나를 쳐다볼 뿐이었다.

현장에서 가까운 역에 내려 인적 드문 아침 길을 걸어 현장에 갔다. 아저씨는 보도 옆에 있는 쓰레기통을 일일이 들여다보면서 쓸 만한 것들을 챙겨 넝마 같은 배낭에 처넣었다. 어떤 쓰레기통에서 멋대가리 하나 없는 청바지를 발견한 아저씨는 그것을 꺼내 들고 히죽 웃으면서 나를 돌아보았다.

"젊은 애들한테 잘 어울리겠지, 어?"

나는 미소와 함께 아저씨가 내미는 청바지를 받아들었다. 눈물이 날 만큼 기뻤다. 내가 고맙다고 인사하자, 아저씨는 훌러덩 벗겨진 머리를 머쓱하게 긁적거리면서 말했다.

"공부 열심히 해서 훌륭한 사람 돼야 해."

　일주일 만에 그녀에게 전화를 걸었다. 또 언니가 받아, 동생은 아직 안 들어왔다고 했다. 나는 언니에게 "너를 위해 막노동을 했다."고 그녀에게 전해달라고 말했다. 언니는 내 말을 듣고는 무슨 소리냐는 식으로 잠시 아무 말이 없더니, 그대로 전화를 끊었다.

6

한 달 동안, 있는 힘을 다해 일했다. 그녀와는 아직 화해하지 못했지만 진전은 있었다. 몇 번이나 전화를 걸다 보니 그녀 언니와 사이가 좋아진 것이다. 나아가 내 편으로 끌어들이는 데도 성공했다.

"걱정 마, 조금 있으면 꺾일 테니까."

지난번 전화에서는 그런 보고까지 들었다. 내가 "누님 덕분입니다." 하고 추켜세우자, 쓸 만한 미소년을 소개해 달라고 했다. 그런 인간이 우리 학교에 있을 리 없지만, 나는 일단 네, 하고 대답했다.

자금도 대충 모였고, 수색대를 결성해 움직이고 있는 순신으로부터 나름의 성과가 있었다는 연락도 있어 모임을 갖기로 했다.

　오랜만에 멤버 전원이 교실에 모였다. 치치 섬에서 무사히 돌아온 야마시타까지. 검게 탄 데다 혈색까지 좋은 얼굴이 묵은 체중을 싹 가셔낸 듯 환했다. 안 그렇겠는가, 야마시타 녀석이 커피 농장의 외동딸과 사랑에 빠졌으니. 그녀는 검은 눈동자에 아랫입술이 도톰하고 귀여운 아가씨, 그러니 야마시타가 홀딱 빠진 것도 이해가 간다. 그런 사연으로 야마시타는 졸업 후 신용금고에 취직하기로 한 결정을 취소하고 커피 농장의 농부가 되기로 했다.

　"나, 커피 왕이 될 거야."

　우리는 또 '왕'이라는 소리의 울림에 넋이 빠졌다. 몇 명은 하렘을 연상하면서, "하아!" 하고 선망의 한숨을 내쉬었다.

　순신이 프란츠 파농의 〈땅에 저주받은 자〉를 탁 덮자, 그 소리를 신호로 모임이 시작되었다. 진행을 맡은 내가 아르바이트 멤버의 노고를 치하하자 모두들 박수를 쳤다. 아르바이트 멤버들은 자랑스럽게 고개를 쳐들었다. 그리고 수색 건으로 순신에게 시선을 돌리자, 순신은 어물거리는 투로 말했다.

　"말을 할지 말지, 좀 망설였는데……."

　"너답지 않다."

　내가 그렇게 말하자, 순신은 마음을 굳힌 듯 평소의 강경한 말투로 돌아왔다.

"내 후배 중에 뭐 야공은 아니지만, 시부야에서 얼굴이 먹히는 놈이 하나 있는데. 그놈에게 야마시타가 날치기당한 얘기를 하고 좀 알아봐 달라고 부탁했더니, 놈들의 정체를 알아챘어."

야마시타가 순신의 말에 재빨리 반응했다.

"어떤 놈들이야?"

순신은 모 유명 대학 부속고등학교 이름을 말했다. 부속고등학교에 다니는 놈들은 웬만한 일이 없는 한 그대로 대학에 올라갈 수 있기 때문에 고등학교 시절에 신나게 놀아댄다. 그런데 부잣집 자제분들이라 그런지 세상을 우습게 여기는 놈들도 많고, 우리 같은 삼류 고등학교 인간들보다 더 성질이 더러운 놈들도 많다.

"놈들, 어디로 놀러갔다는데, 거기서 날치기한 거 떠벌렸나봐."

순신이 말했다.

"그래서, 어쩔 생각인데?"

순신은, 헤헤헤, 하고 대범하게 웃고는 대답했다.

"어쩌기는 돌려받아야지. 경찰에 넘겨봐야 돈이 돌아오는 것도 아니고."

"어떻게 돌려받을 건데?"

내가 또 물었다.

"놈들이 사흘 후에 시부야의 모 클럽에서 댄스파티를 여는 모양이야. 그때 덮칠 거야. 당일 티켓 판 돈하고 클럽 측에 지불할 돈을 갖고 있을 테니까, 고스란히 되찾지는 못해도 얼추 비슷하게 회수할 수 있겠지."

"ㅎㅎㅎ, 좋았어."

내가 그렇게 웃자, 다른 멤버들도 ㅎㅎㅎ, 하고 웃었다. 이때 순신이 브레이크를 걸었다.

"그러나 까딱하다가 일이 크게 확대되면 경찰이 끼어들 수도 있어."

물론 맞는 말이었다. 고등학생들의 파티지만, 티켓 매매로 상당한 이익금이 움직인다. 그 이익금을 지키기 위해 댄스파티 주최측은 가라테 부원들을 동원해 경비를 세운다. 그런 놈들과 정면충돌하면 일이 커지기 십상이다.

"취직이 결정된 멤버들은 그냥 대기조로 남는다."

내가 말했다.

멤버들은 방정식 문제를 멀뚱멀뚱 쳐다보는 뒤떨어진 초등학생처럼, 무슨 소리냐는 식으로 멍하니 내 얼굴을 보았다. 나는 무슨 말을 하려고 입을 열었지만, 할 말을 잊고 말았다.

멤버들이 저마다 한마디씩 했다.

"히로시 무덤에 갈 돈을 날치기당했다고!"

"더 좀비스가 그런 놈들에게 당하고 그대로 해산하는 조직이 있어?"

"그놈들, 부속고라고 여학생들에게 인기 짱인데 어떻게 그 냥 놔두냐?"

"더 이상 나쁜 짓 못하게 고추를 뽑아버리자."

마지막 말은 가야노가 장식했다.

"맛있는 부분은 모두 함께 나누자."

멤버들이 또 ㅎㅎㅎ, 하고 웃었다. 나와 순신도 덩달아 ㅎㅎ ㅎ 웃었다. 분위기가 일변했다.

ㅎㅎㅎ, 떠들썩하고 신났다.

댄스파티 습격 전날, 그녀에게 편지가 왔다. 봉투 안에는 '보 러 와요.'라는 한 줄짜리 메시지와 졸업 기념 공연 티켓이 들어 있었다. 이리하여 나는 비로소 세이와에 당당하게 들어갈 수 있는 입장권을 거머쥐었다. 그러나 끝내 내가 그 티켓으로 세 이와의 좁은 문을 들어서는 일은 없었다.

7

습격 당일인 토요일 오후 7시. 그녀가 무대 위에서 로미오를 연기하고 있을 때, 나와 야마시타는 시부야의 난페이다이에 있는 클럽 '뻐꾸기 둥지'와 대각선상에 있는 빌딩 옥상에 있었다.

거품경제가 꺼진 후 임차인이 없어 거의 텅 빈 빌딩은 망을 보기에 더없이 좋은 장소였다. 나와 야마시타는 람보 씨에게 빌린 망원경으로 뻐꾸기 둥지의 입구를 살폈다. 뻐꾸기 둥지는 창고 스타일의 노출 콘크리트 건물로 첨단적인 분위기를 띠고 있었다.

"안 나타나네."

야마시타가 그렇게 말한 순간, 동시에 나는 입구 앞에 있는 문지기 남자에게서 국도 246호선 쪽으로 망원경의 초점을 돌려 클럽 앞 보도를 훑었다. 긴 머리에 긴 코트를 입은 작자가 시야로 날아들었다. 뻐꾸기 둥지를 향하고 있었다. 나는 야마시타에게 야, 하고 신호를 보냈다. 야마시타는 내가 향하고 있는 쪽으로 망원경을 돌리고 말했다.

"저 자식 얼굴은 절대 못 잊지."

"왜?"

"저 자식이 내 고추를 걷어찼거든."

나는 망원경에서 눈을 뗐다. 놈은 검정색 긴 코트에 멀리서도 색을 알아볼 수 있을 만큼 새파란 셔츠를 입고 있었다.

파란 셔츠가 클럽 안으로 들어가는 것을 확인한 다음 나와 야마시타는 옥상에서 내려왔다.

나와 야마시타는 야마노테 선 선로를 따라 하라주쿠 방향으로 걸었다. 30분 정도 걸려서 요요기 제1체육관 앞 광장에 도착했다. 더 좀비스 멤버가 여기저기 흩어져 있다가 나와 야마시타를 보고는 모두 한 군데로 모이기 시작했다.

전원이 집합한 것을 확인하고 내가 말했다.

"틀림없다. 야마시타가 확인했어."

무고한 형벌을 방지하기 위해 먼저 야마시타에게 얼굴을 확인토록 한 것이다. 이리하여 모든 준비가 끝났다. 나는 모두의 얼굴을 휘 돌아보면서 말했다.

"제군, 중국 최고의 병법서 〈손자병법〉에 다음과 같은 전술이 실려 있다."

모두 숨을 삼켰다. 내가 이어 말했다.

"신속하기는 조루처럼!"

멤버들 대개가 "조루!"라고 외치면서 신난다는 듯 주먹을 휘둘렀지만, 몇 명은 어째 긴장감이 덜한지 눈을 내리깔고 있었다.

보도 옆 벤치에서 사랑을 속삭이던 남녀들의 시선이, 무슨 일이 생겼나? 하는 식으로 우리 쪽을 향했다. 우리는 그들의 따가운 시선을 헤치고 시부야로 걸어갔다.

우리는 삼삼오오 떼지어 시부야 거리를 전진했다. 246건물에 도착했을 때, 내 옆에서 걷던 순신이 빨개진 눈꼬리 흉터를 손가락으로 갉작거리면서 말했다.

"이게 마지막이야. 두 번 다시 폭력은 쓰지 않을 거야. 나는 진정한 '승리'를 거머쥐고 싶어."

나와 순신은 5미터 정도 말없이 걸은 후, 얼굴을 마주보고 키들키들 웃었다. 순신의 옆에서 걸어가던 가야노가 순신의 어깨를 툭툭 쳤다.

뻐꾸기 둥지까지 50미터쯤 남았다. 각기 흩어져 걷고 있던 멤버들이 어느 틈엔가 한덩어리가 되어 걷고 있었다. 보지 않으려 해도 우리 모습이 저절로 눈에 띄었을 것이다. 철제 의자에 앉아 입구를 지키고 있던 경비 담당이 벌떡 일어섰다. 순신이 재빨리 대열에서 빠져나가 경비 앞으로 똑바로 걸어갔다. 그리고 경비가 사정거리 안에 들어왔을 때, "잠시 쉬고 있어." 하는 말과 함께 경비의 턱을 향해 체중을 실어 라이트 훅을 날렸다. 지렛대의 원리로 경비 얼굴이 왼쪽으로 퍽 꺾이고, 이어 무릎이 와르르 무너졌다. 경비의 뇌는 진도 7의 지진을 느꼈을 것이다.

순신은 기절한 경비가 쓰러지지 않도록 의자에 앉힌 다음 뻐꾸기 둥지의 묵직한 문을 열고 안으로 들어갔다. 우리도 그 뒤를 따랐다.

입구에 들어서니, 남자 두 명이 서서 티켓을 검사하고 있었다. 이들은 만약의 사태에 대비시킨 일명 '몽둥이'들이었다. 남자들이 누구냐는 의문을 품기도 전에 순신은 우선 한 남자의 무릎 관절을 힘껏 걷어차고 이어 다른 한 남자의 명치에 라이트 어퍼컷을 날렸다. 바닥에 쓰러져 고통스럽게 나뒹구는 둘을 멤버 네 명이 제압했다. 뻐꾸기 둥지의 내부는 홀이 대부분을 차지하고 있어 입구 부근에서 일어난 사건을 조금도 가려주지 못했다. 춤을 추던 몇 명이 이변을 눈치 채고 허리를 비틀다 말았다. 적군의 동지들이 춤을 멈춘 자들의 시선을 좇다 우리를 보게 되었다. 공포에 질린 샌님들이 "기습이다!" 하고 비명에 가까운 소리를 질렀다.

사태가 계획한 대로 술술 풀렸다. 공포는 전염이 빠르다. 순

130

식간에 넓은 홀 전체에서 춤이 멈췄다. 격렬한 비트를 두들겨 대는 음악과 어지럽게 색이 바뀌는 조명만 멋모르고 약동하고 있었다.

죽 훑어보니 남자는 백 명이 채 못 되는 것 같았다. 최후의 결전을 장식하기에는 부족한 수였지만, 어쩔 수 없다.

"클라이맥스 같은 거 필요 없어. 그냥 압도적으로 이기는 거야!"

순신이 그렇게 외치자, 거의 동시에 멤버들이 "와아아아아아!" 하고 함성을 지르면서 나와 순신과 가야노와 야마시타를 스쳐 지나 홀로 난입했다. 그리고 적당한 상대를 찾아 닥치는 대로 주먹을 휘둘렀다. 난투극이었다. 빙글빙글 돌아가는 조명에 공중으로 날아가는 앞니와 주르륵 흘러내리는 코피가 드러났다. 여자들은 허둥지둥 도망쳤다. 괴성과 비명이 어지럽게 난무했다.

나와 순신과 가야노와 야마시타는 난투를 피하기 위해 벽을 따라 홀 안쪽에 있는 좁은 통로로 걸어갔다. 도중에 적군 몇 명이 우리 쪽으로 몰려왔지만 순신이 가볍게 제압했다.

우리는 좁은 통로에 도착했다. 그 끝에 'OFFICE'라고 쓰인 문이 있었다. 곧장 그 문을 향해 걸어갔다. 순신이 손잡이를 잡았다. 잠겨 있을 줄 알았는데, 문은 어이없을 정도로 쉽게 열렸다.

네 평 정도 크기의 방 한가운데에 큼식한 테이블이 있고, 테이블을 둘러싸듯 가죽 소파가 네 개 놓여 있었다. 소파에는 야마시타의 고추를 걷어찼다는 파란 셔츠와 피부가 가무잡잡하고 머리가 긴 남자 세 명이 편안히 앉아 있었다. 소란을 알아차리기는커녕 무슨 재미난 일이라도 있는지 우리를 보고서도 계속 히죽거리고 있었다. 재미난 일이 뭔지는 금방 알 수 있었다. 테이블에 1만 엔짜리 두툼한 돈다발이 주르륵 놓여 있고, 백 정은 족히 넘을 분홍색 정제가 널려 있었다. 엑스터시나 뭐 그런 종류일 것이다.

　한참이 지나서야 회사 간부급 같던 적군의 거만한 태도가 사라지더니 긴장감이 맴돌았다.

　"뭐야, 너희들?"

　대답할 줄 알았는가.

　순신은 대답 대신 제일 가까이에 있는 긴 머리를 덮치고, 그 녀석의 코를 마치 두툼한 떡갈나무 문이라도 노크하듯 두드려 댔다. 가야노와 야마시타가 다른 두 명의 긴 머리 뒤로 재빨리 돌아가 두 팔을 포박했다. 한 명을 다 요리한 순신은 야마시타가 꼼짝 못하게 제압하고 있는 긴 머리의 안면을 무릎으로 힘껏 걷어찼다. 퍽, 하는 소리와 함께 그 녀석이 눈알을 희번덕거렸다. 야마시타가 팔을 풀어주자 천천히 바닥으로 무너져 내렸다. 순신은 가야노가 제압하고 있는 놈의 아래턱에는 중력을 충분히 실은 라이트 훅을 날렸다.

순식간에 세 명을 전투가 불가능한 상태로 만들어버린 순신이 파란 셔츠에게 시선을 돌렸다. 파란 셔츠는 당황해서 테이블에 놓인 휴대전화를 들고 떨리는 손으로 버튼을 누르려 했다.

"경찰? 아니면 엄마?"

순신이 그렇게 말하면서 테이블 위에 흩어져 있는 분홍색 정제로 눈을 돌렸다. 그때서야 자신이 어떤 상황에 있는지 인식한 파란 셔츠는 버튼을 누르려던 손을 멈췄다. 그다음 순간, 순신은 용맹한 고양이과 짐승처럼 날래게 몸을 날려 파란 셔츠를 덮쳤다. 순신의 손이 파란 셔츠의 멱살을 움켜잡았다. 파란 셔츠의 손에서 휴대전화가 툭 떨어졌다.

"얌전하게 굴어."

순신이 그렇게 말하자 파란 셔츠는 눈을 부릅뜨고 푸르르 떨듯 몇 번이나 고개를 끄덕거렸다. 나는 테이블로 다가가 돈다발을 집어 들고 세었다. 우리는 우리가 일해서 번 돈을 돌려받으려는 것일 뿐 강도질을 하러 온 것이 아니므로, 그 이상의 돈은 한 푼도 건드릴 뜻이 없었다.

서둘러 돈을 센 다음 메고 온 배낭에 돈다발을 쑤셔 넣고 순신과 가야노와 야마시타를 향해 눈짓했다. 순신은 파란 셔츠의 멱살을 움켜잡은 손에 힘을 주고 "서!" 하고 말했다. 파란 셔츠가 소파에서 엉거주춤 일어섰다. 순신이 야마시타에게 신호를 보냈다. 야마시타는 파란 셔츠 앞에 서더니, 아무 예고 없이 파란 셔츠의 사타구니로 강력한 앞발차기를 날렸다. 파란 셔츠의 등이 출렁 물결치면서 입술 사이로 침이 흘러나왔다. 순신이 멱살을 놓자 파란 셔츠는 쿵 하고 엉덩방아를 찧었다가 그 반동으로 약간 튀어 오른 다음 앞으로 고꾸라졌다.

순신이 손에 묻은 파란 셔츠의 침을 소파에 닦으면서 말했다.

"튀자."

우리가 'OFFICE'에서 나와 홀로 돌아오자 더 좀비스의 압도적인 댄스가 기다리고 있었다. 모두들 엔돌핀이 과다한 원숭이들처럼 휙휙 날아다니면서 적을 무찌르고 있었다. 애당초 수많은 전투를 경험해 역전의 용사가 된 더 좀비스 멤버들이 샌님 학교 패거리들에게 질 리가 없다.

순신이 입에다 손을 대고 "아와와와와와!" 하고 인디언처럼 외치자 모두들 춤을 끝내고 일제히 출구를 향해 달려갔다. 나와 순신과 가야노와 야마시타도 출구를 향해 뛰었다.

입구가 정신없이 도망치는 인간들로 북적거려 시간이 꽤 걸렸다. 간신히 입구에 도착했을 때 멀리서 경찰차의 사이렌 소리가 들렸다. 나는 떠밀리듯 밖으로 나온 후, "흩어져!" 하고 외쳤다. 멤버들이 "어!" 하고 대답했다. 비상시에는 각자 흩어졌다가 도야마 공원에서 다시 합류하자는 사전 약속이 있었다.

나와 순신과 가야노와 야마시타는 잠시 동지들이 흩어지는 모습을 바라보았다. 모두 직각으로 구부린 팔을 오르내리며 허벅지가 가슴에 닿도록 힘껏 뛰었다.

"초등학교 1학년짜리 달리기 시합 같군."

가야노가 말했다.

나와 순신과 가야노와 야마시타는 얼굴을 마주보고 미소를 주고받은 후 경찰차가 오는 방향과 반대 방향인 이케지리 오하시 쪽으로 뛰었다. 아무튼 죽어라 뛰었다. 그런데도 사이렌 소리는 점점 거리를 좁혀왔다. 우리는 골목길로 돌아들지 않고 직선 도로를 똑바로 달렸다. 속도가 떨어지기는커녕 당장이라도 날아오를 수 있을 만큼 빨라졌다. 눈앞에서 조그만 점 같은 빛이 무수히 튀었다. 심장의 움직임이 손에 잡힐 것 같았다.

찌르르, 한 줄기 전류가 온몸을 관통했다.

아픔은 없고, 다만 기분이 좋았다.

다리가 절로 높이 올라간다. 앞으로 앞으로 나아간다.

이게 러너스 하이라는 것일까?

아니면?

언제인지 모르게 사이렌 소리가 없어졌다.

호호호, 알 만하군. 순신은 늘 다수 측이 이기게 되어 있다고 말했다. 그 말대로 아까 우리에게 굴복한 놈들은 머지않아 사회의 중심에서 다른 형태로 우리를 굴복시키고 승리를 거머쥐려 할 것이다. 그리고 우리는 몇 번이나 패배의 쓴맛을 보게 되리라. 하지만 그게 싫으면 이렇게 계속 달리면 된다. 간단하다. 놈들의 시스템에서 빠져나오면 된다. 초등학교 1학년짜리의 달리기 시합처럼 계속 달리면 된다.

사이렌 소리가 다시 들려왔다.

눈앞에서 점점이 튀던 조그만 빛이 사라지고, 대신 모두의 모습이 차례차례 떠올랐다.

나는 기도가 하늘에 닿을 수 있도록, 아주 잠깐 눈을 꼭 감았다.

모두들, 뛰어, 뛰어, 뛰어…….

8

뻐꾸기 둥지를 습격하고 이틀이 지난 월요일, 우리는 학교에서 모임을 가졌다.

동지들 대부분의 얼굴에 시퍼런 멍이 선명하게 남아 있었고, 입술이 찢어진 녀석도 있었다. 하지만 모두 환한 표정으로 자신들의 활약상을 자랑스럽게 얘기했다.

습격은 신문의 한 귀퉁이를 장식했다. 'OFFICE' 안에 있던 놈들도 무사히 도망쳤는지, '난투극'이라는 활자 외에 별다른 것은 보이지 않았다. 현재 수사망이 우리까지 좁혀지지는 않았다.

순신이 호즈미 노부시게(穗積陳重, 1856~1926, 법학자—옮긴이)의 〈복수와 법률〉을 덮자 동시에 모임이 시작되었다.

습격에 성공한 결과, 아르바이트를 해서 모은 돈이 고스란히 남았다. 그래서 모두에게 그 돈을 어떻게 쓰면 좋겠느냐고 의견을 묻자, 좋은 호텔에 묵자느니 다이빙 면허를 따자느니 하는 시답잖은 의견과 프로 레슬링을 보러 가자는 등 라스베이거스에 가자는 등, 취지에서 완전히 벗어난 의견도 돌출했다.

사회 격인 나는 교단에 앉아 모두의 의견을 교통정리했다. 모두가 이러쿵저러쿵 얘기하는 모습이 무척 흥미로웠다. 실은 내게 아주 그럴싸한 계획이 있었지만 모두의 들뜬 모습을 조금 더 보고 싶어 아무 말 하지 않았다.

결국 더 좀비스 내의 지성파와 무투파가 또 약속이라도 한 듯이 양편으로 나뉘어 티격태격했다. 이 두 파는 예전에 우리 이름을 정할 때도 '더'를 붙이느냐 마느냐로 언쟁을 벌였다. 전면전으로 발전하기 전에 히로시가 나서서 '더 비틀스'에도 '더'가 있으니 '더'를 붙이는 편이 좋지 않겠느냐고 말해 언쟁을 매듭지었다.

나는 오늘 역시 전면전으로 확대되기 전에 멤버들을 진정시키고 내 계획을 말했다. 몇 초 후, 환호성이 들끓고 내 의견은 바로 통과되었다.

그날 밤, 나는 그녀 집을 찾아갔다. 먼저 전철역에서 전화를 걸었다. 어쩌다 그녀가 받았는데, 순간적으로 끊어버렸다. 할 수 없어 그대로 집으로 찾아갔다. 묵직한 철문 앞에 서서 숨을 깊이 들이쉬고 인터폰을 눌렀다. 아무 반응이 없었다. 다시 한 번 눌렀다. 역시 반응이 없었다. 빛이 새어나오는 2층 창문을 올려다보니, 사람 그림자가 어른어른 움직였다.

이리저리 궁리하다 나는 창문을 향해 큰소리로 말했다.

"나, 날개 같은 거 없으니까, 담 넘어서 안으로 들어갈 거야. 만약 누가 보고 경찰에 신고해서 가택 무단침입으로 붙잡히면, 다 네 탓이니까 알아서 해. 전과자 낙인이 찍히면 나 내 마음대로 막 살 거야. 시너도 흡입하고, 도둑질도 하고. 근데 공무원 될 거야……."

그때 2층 창문이 드르륵 열렸다. 그녀는 어깨를 들썩이고 웃으면서 집게손가락으로 입을 꾹 눌렀다. 10초 후 현관문이 열리고 그녀가 나왔다. 튼튼한 철제문이 안쪽으로 열렸다. 나는 밖으로 나오려는 그녀 어깨를 잡고 그녀를 밀면서 문 안으로 들어가 키스했다. 그녀는 순간적으로 긴장하면서 몸을 뒤로 빼는 척했지만, 내가 몸을 바짝 밀착하자 천천히 몸에서 힘을 뺐다. 나는 어깨를 잡은 손을 스르륵 밑으로 내려 그녀 허리를 안았다. 허리가 아주 가늘었다. 그 부드러움을 확인하려 엄지손가락을 약간 움직이자 그녀가 파르르 어깨를 떨었다. 우리는 입술을 떼었다. 그녀가 내 어깨에 턱을 올려놓고 조용히 숨을 쉰 다음 말했다.

"객석에 신경 쓰느라 대사를 다섯 군데나 틀렸단 말이야."

나는 미안하다고 사과했다. 그녀가 물었다.

"그날, 어디서, 뭐 했어?"

"내 알리바이는 신문에 실려 있어."

그녀는 턱을 들고 약간 몸을 뒤로 뺐다. 얼굴에는 놀란 표정
이 어려 있었다.

"하고 싶은 얘기가 많아. 시간 있어?"

내가 물었다.

그녀가 고개를 끄덕였다.

"오늘, 우리 집에 아무도 없어⋯⋯."

그녀의 몸이 또 굳었다. 나는 그녀 허리에서 손을 떼고 말했다.

"패밀리 레스토랑 가서 달콤한 거 먹으면서 얘기하자."

그녀는 신난다는 듯 응, 하며 고개를 끄덕이고는 코트를 가
지러 집 안으로 들어갔다. 나는 그녀 등에다 대고 오늘 아침 신
문도 가져와, 하고 소리쳤다.

9

내가 제안한 계획은 몇 번의 모임을 거치면서 착착 추진되었다.

3월 5일, 더 좀비스는 교내에서 가진 마지막 모임을 우렁찬 박수로 마무리했다.

모임이 끝난 후, 더 좀비스의 어머니 격인 생물 선생 요네쿠라, 일명 닥터 모로를 만나러 가려고 순신과 가야노와 나란히 복도를 걷고 있는데, 망키 사루지마와 맞닥뜨렸다.

"시부야 사건, 네 놈들 짓이겠지."

망키는 입가에 교활한 파충류 같은 미소를 띠고 말했다. 우리가 무언으로 답하자 망키는 미소를 지우고 순신을 노려보았다.

"일주일 후면 졸업식이야. 졸업식 끝나면 네 놈과는 선생 학생 사이가 아니지. 내 말, 무슨 뜻인지 알겠지?"

순신은 눈썹 하나 까딱하지 않고 망키를 쳐다보았다. 망키가 다시 말했다.

"졸업식 끝나면, 그 자리에서 본때를 보여줄 거니까 각오하고 있어."

망키는 그렇게만 말하고 우리 앞에서 사라졌다. 우리는 아무 일 없었다는 듯 태연하게 복도를 다시 걸었다.

닥터 모로는 교무실에서 한참 떨어진 장소에 있는 생물연구실에 있었다. 우리가 계획을 얘기하자, 닥터 모로는 아주 흥미롭다는 듯이 웃었다. 그리고 책상 서랍에서 주먹만 한 크기의 불그죽죽한 덩어리를 꺼내 내 손바닥에 올려놓았다. 감촉은 딱딱한 돌 같고, 모양은 장미꽃 같았다.

"사막의 장미야."

닥터 모로가 자상한 목소리로 말했다.

"사막에서 유산바람에 모래가 섞여 결정을 이루면 이런 형태가 되지. 원래는 그냥 모래 알갱이였는데, 매개물이 있으면 이렇게 아름다운 결정을 이루는 거야."

우리는 잠자코 '사막의 장미'를 바라보았다. 닥터 모로는 한층 환하게 미소 지으며 말했다.

"나 대신 그걸, 이타라시키 군의 무덤 앞에 갖다 줘."

나는 닥터 모로의 말에 힘차게 고개를 끄덕였다.

할 얘기는 다 끝났는데도 왠지 자리를 뜨지 못하고 잠시 어영부영 시간을 보냈다. 오후 5시, 하교를 알리는 벨이 울리자 연구실에서 나가려는 우리에게 닥터 모로가 말했다.

"조심해서 다녀와. 그리고 졸업 축하한다."

우리는 우리의 매개물에게 꾸벅 머리 숙여 작별 인사를 했다.

오키나와로 출발하기 하루 전, 아기에게서 엽서가 왔다. 지중해의 아름다운 바다 사진 뒤에 딱 한 줄, 이렇게 쓰여 있었다.

스페인 여자, 죽여준다.

졸업식 사흘 전, 더 좀비스는 오키나와로 출발했다.

처음에는 비행기를 타고 직행할 예정이었는데, 내가 제안한 계획 때문에 돈을 절약할 필요가 있었다. 우리는 아리아케 부두에서 페리를 탔다. 50시간 이상 걸리는 뱃길이었다.

졸업식에 참석하지 않은 것에 별다른 의미는 없다. 오키나와행 페리는 일주일에 한 편밖에 없고, 계획을 멋들어지게 실현하기 위한 가장 적당한 시기는 졸업식 사흘 전이었다.

페리에 올라타자 각자 제멋대로 하고 싶은 것을 하며 놀기 시작했다. 마작과 게임을 하는 무리, 뮤지션을 지망하는 녀석들의 기타와 블루스 힙합에 맞춰 노래를 부르는 무리, 격투기를 하는 무리 등.

　나는 모두의 모습을 잠시 살핀 후, 갑판에 앉아 순신에게 빌린 장켈레비치의 〈죽음에 대하여〉를 읽었다. 어려워서 이해가 안 되는 부분이 많았지만 그래도 열심히 읽었다. 서른 시간 동안 한숨도 자지 않고 다 읽었다. 신기하게 조금도 졸리지 않았다. 책을 다 읽었을 때 마침 두툼한 비구름이 태양을 뒤덮으면서 세찬 비를 뿌렸다. 나는 쏟아지는 비를 맞으면서 갑판 난간에 몸을 기대고 무수한 빗방울이 바다로 떨어지는 광경을 바라보았다. 하늘과 바다가 비의 실로 이어져 압도적인 입체감을 빚어냈다. 나는 왠지 부러운 마음에 난간에서 몸을 쑥 내밀고 하늘과 바다 사이에 억지로 끼어들었다. 잠시 후, 비구름이 걷히고 태양이 다시 얼굴을 내밀었다. 반짝반짝 빛나는 수면 저 멀리 수평선 언저리에 무지개가 맥도날드 마크처럼 이중으로 떠 있었다. 소름 끼치도록 아름다웠다. 나는 무지개를 보면서 눈물을 찔끔 흘리고는, 잠이 쏟아져 이제 그만 자기로 했다. 나는 〈죽음에 대하여〉에 나오는 '죽지 않는 것은 살아 있지도 않다.'라는 글귀를 세 번 읊조리고 잠자리에 들었다.

　그리고 당연한 일이듯 꿈에 히로시가 나타났다. 히로시는 변함없이 뼈와 가죽만 남은 몸이었고, 움푹 들어간 눈두덩 속 눈은 노란 빛을 띠고 흔들거렸다. 나는 헤헤헤, 하고 웃었다.

　─너한테는 좀 미안하지만, 나 돈이든 여자든 명예든 원하

는 것은 모두 다 가질 거야. 가능하면 세계도 바꾸고 싶고. 부럽지? 나는 살아 있는 동안은 열심히 한껏 즐길 거야. 하지만 너만은 절대 잊지 않을게. 네가 원했던 것도 나 나름의 방식으로 해볼 생각이야. 그러니까 그렇게 무서운 표정으로 나타나지 마. 오줌 쌀 것 같단 말이야.

내가 말을 끝내자 히로시는 처음 만났을 때처럼 토실토실한 히로시로 돌아갔다. 나와 히로시는 마주보고 키들키들 웃었다.

앞으로 세 시간 정도면 도착한다는 안내 방송이 흐르자, 뮤지션을 지망하는 멤버들이 중앙 갑판으로 몰려나갔다. 다른 승객들과 승선원까지 속속 모여들어 즉석 라이브가 시작되었다.

우리는 밥 딜런의 '라이크 어 롤링 스톤'에 맞춰 몸을 흔들고, '노킹 온 헤븐스 도어'를 합창했다. 그리고 저 멀리 오키나와 섬이 보였을 때는 하늘을 찌를 듯한 함성을 내질렀다.

우리는 쉰네 시간에 달하는 항해를 끝내고 드디어 오키나와에 도착했다.

오키나와 땅을 밟으니 밤이었다. 우리는 항구 근처에서 잠만 자는 2,500엔짜리 민박집을 찾아 몇 군데로 나뉘어 잠잤다.

다음 날 아침 일찍 렌터카 열 대를 빌려 히로시의 무덤으로 향했다. 운전대는 면허가 있는 멤버가 잡았다. 히로시의 무덤은 기노완 시 후텐마 비행장에서 비교적 가까운 곳에 있었다. 아주 조그만 무덤이었다. 내륙이어서 바다도 보이지 않았다.

나는 오는 도중에 아기에게 받은 돈으로 산 럭키 스트라이크를 뜯어 모두에게 나눠주었다. 럭키 스트라이크는 히로시가 좋아하는 담배였다. 전원이 히로시의 유품인 지포 라이터로 차례차례 불을 붙여 한 모금씩 피운 다음 그 담배를 히로시 무덤 앞에 바쳤다. 소복하게 쌓인 마흔일곱 개비 담배에서 연기가 뭉글뭉글 피어올랐다. 닥터 모로가 부탁한 '사막의 장미'도 바쳤다.

더 좀비스의 해산식이 순조롭게 끝나가고 있었다. 마지막으로 전원의 요청에 내가 해산의 말을 하게 되었다.

"심각 버전? 오락 버전?"

내가 그렇게 묻자, 심각 버전으로 하라는 의견이 많아 심각하고 진지한 말을 하기로 했다. 그리고 나는 아주 짧은 말을 토했다. 분명하게 말했다. 그런데 거의 동시에 "쾅!!!" 하고 엄청난 폭발음이 나면서 내 목소리는 허망하게 지워지다 못해, 흔적도 없이 사라졌다. 정체를 알 수 없는 압도적인 폭발음에 놀란 멤버들은 눈을 동그랗게 뜨고 입을 헤벌쩍 벌린 채 하늘을 올려다보았다. 몇 명은 너무 놀란 나머지 땅바닥에 엎드려 있었다. 내 말 따위는 아무도 신경 쓰지 않았다.

"뭐냐, 이 소리……."

누군가가 맥없이 중얼거렸다. 하지만 나는 소리의 정체를 알고 있었다. '소닉 붐'이라는 것이다. 전투기가 초음속으로 날 때 발생하는 충격파가 지상에 전달되었을 때 마치 폭탄이 터지는 듯한 소리가 난다. 전에 히로시에게 들은 적이 있다. 히로시는 '소닉 붐'을 들으며 자랐다. 히로시는 '소닉 붐'을 증오했다. 나는 순신과 가야노의 얼굴을 보았다. 우리는 서로를 쳐다보면서 고개를 끄덕거렸다.

"언젠가 반드시 아까 그 말을 되찾을 거야."

내가 혼자 열을 올리고 있는데, 야마시타가 입을 한일자로 꾹 다물고 주먹을 꽉 쥐고서 내 쪽으로 성큼성큼 걸어왔다. 눈에 어렴풋이 눈물이 고여 있었다. 야마시타는 입을 벌린 다음, 이제 마음을 굳혔다는 듯이 말했다.

"오줌, 쌌다."

히로시의 무덤을 뒤로한 우리는 나하 공항으로 향했다. 도중에 편의점에 들러 야마시타가 갈아입을 팬티를 샀다. 공항에 도착하자 로비로 올라가 설레는 마음으로 짙푸른 하늘을 올려다보았다.

예정상 앞으로 몇 분 후면 나의 계획은 실현될 것이다. 우리는 습격으로 되찾은 돈과 여비를 절약해 모은 돈을 합해 세이와 여학생들을 오키나와로 초대했다. 멤버 36명의 그녀들과 그 친구 11명, 합이 총 47명. 그녀들은 기꺼이 초대해 응했다. 그 47명이 탄 비행기가 잠시 후면 공항에 도착할 예정이었다.

누군가가 "앗!" 하고 외쳤다.

이어 "들린다, 들려!" 하는 소리.

우리는 쫑긋 귀 기울였다. 내 귀에는 아무 소리도 들리지 않았다.

"앗!"

몇몇 멤버의 집게손가락이 하늘의 한 점을 똑바로 가리켰다. 나의 눈은 그 손가락 끝을 좇았다. 저 멀고 먼 하늘에 아직은 콩알만큼 작은 크기지만 둥근 기체의 그림자가 보였다.

"와아!"

우리는 환성을 질렀다. 그 자리에서 깡충깡충 뛰는 녀석도 있었다. 누군가가 "오늘밤은 연속 세 발이다!" 하고 외쳤다. 모두들 "좋지!" 하고 화답했다. 나는 순신과 가야노와 야마시타와 다른 멤버들의 얼굴을 차례차례 둘러보았다. 모두 바보멍청이에 허풍쟁이였다. 그러나 그 얼굴은 태양빛을 반사하는 것처럼 환했다.

나는 그녀의 조그만 손, 가느다란 허리, 부드러운 입술을 떠올렸다. 고추가 딱딱해졌다. 오그라들 기미는 전혀 없었다.

기체가 다가왔다. 확실하게 커지고 있었다.

눈을 감았다.

귀를 기울인다.

따뜻한 바람이 내 볼을 스쳤다. 이제 곧 이 따뜻한 바람을 타고 부드러운 제트 음이 내 귀에도 들리리라.

나는 눈을 감은 채, 그때를 기다렸다.

이교도들의 춤

지금으로부터 그리 멀지 않은 옛날의 이야기다.

어떤 왕국의 조그만 마을에 한 남자가 흘러들었다. 남자는 그 마을이 마음에 들어 조그만 집을 사서 살기 시작했다. 그러나 마을 사람들은 그 남자에게 마음을 열려 하지 않았다. 남자의 생김새며 사용하는 말이 마을 사람들과 전혀 달랐고, 게다가 그 남자가 마을 사람들이 믿는 종교에 조금도 관심을 보이지 않아서였다. 마을 사람들은 정체를 알 수 없는 그 남자를 무서워하고 멀리했다.

남자가 마을에 살기 시작한 후로 스무 번째 맞는 일요일, 마을 사람들이 기도를 끝내고 교회에서 나오자 교회 앞 광장에 그 남자가 서 있었다. 남자는 마을 사람들을 잠자코 바라본 후,

갑자기 춤을 추기 시작했다. 마을 사람들은 몹시 놀랐지만 남자의 춤을 외면하기 어려웠다. 두 팔을 좍 벌리고 춤추는 남자의 모습은 마치 드넓은 하늘로 자유로이 날아오르는 독수리 같았다. 두 발로 대지를 차며 공중으로 날아오르는 모습은 마치 바다 속을 우아하게 헤엄치는 돌고래 같았다. 남자의 몸은 마치 중력에서 해방된 것처럼 자유롭고 압도적이었다. 남자가 춤을 끝냈을 때, 광장을 가득 메운 마을 사람들은 그에게 우레 같은 박수와 환호성을 보냈다. 그리고 드디어 마을 사람들은 남자를 받아들였다.

남자에 관한 소문은 알게 모르게 먼 마을까지 퍼지고, 그 춤을 보고 싶어 하는 많은 사람들이 남자가 사는 마을로 몰려들었다. 남자는 변함없이 그저 묵묵히 춤을 추었다. 남자가 45번째 일요일을 맞았을 때, 질투심 많은 왕의 귀에도 그 소문이 흘러들었다. 왕은 부하에게 명령했다.

"이교도의 두 다리를 절단하라."

부하는 왕의 명령을 따라 남자의 두 다리를 잘랐다. 마을 사람들은 남자의 춤을 두 번 다시 볼 수 없게 되었다고 비탄에 젖었다. 그러나 70번째 일요일을 맞았을 때, 두 다리를 잃은 남자는 다시 광장에 모습을 드러냈다.

그리고.

1

소문의 진위 여부는 분명치 않지만, 전화를 발명한 당사자인 영국의 음성생리학자는 전화를 극단적으로 싫어했다고 한다. 이유는 단순했다. 시끄럽기 때문이었다. 정말 재미있고 이해하기 쉬운 학자다. 그가 살아 있을 당시에 알았다면 멋진 친구가 될 수도 있었을 것이라고 생각한다.

28번째 벨소리에 간신히 침대 아래로 팔을 늘어뜨리고 바닥에 놓인 전화기 위치를 더듬더듬 찾아 수화기를 살짝 만져본 후, 35번째 벨소리가 울릴 때까지 기다렸다. 벨소리는 영원히 그치지 않을 것 같았다. 상대방도 잔뜩 독이 올랐을 것이다. 내가 양보하기로 했다. 나는 평화주의자니까. 그래도 분하니까 46번째까지 기다리기로 했다.

……45, 46, 수화기를 들었다.

"야, 씨, 짜증나게. 이왕 기다리는 거 50까지 기다리지 그랬냐."

더 좀비스의 양심 이노우에였다.

"그럴 수야 있나. 무슨 일이야?"

내가 물었다.

"오늘 여름방학 첫날이라고."

"그래서 뭐?"

"벌써 해도 다 기울어가고 있다고."

"그래서 뭐냐고?"

"그런데 너는 아직도 침대 속에 있겠지. 초등학교 시절 여름방학 첫날을 생각해 봐."

"……."

"좀 허망해졌냐?"

"시끄러. 밤새 책 읽었단 말이야."

"무슨 책?"

나는 머리맡에 놓인 문고판을 집어 들었다.

가와바타 야스나리, 〈이즈의 무희〉.

여름방학 과제물의 단골손님. 본의 아니게 감동했다. 그래서, 뭐가 잘못되었나?

나는 말했다.

"게빈 라이얼, 〈위험한 게임〉."

"아하."

이노우에가 신파조로 대꾸했다.

"너 할 일 없어서 심심해 죽겠지? 트러블이 그립지?"

옳으신 말씀. 나는 고등학교 시절의 마지막 여름방학에, 그녀도 없고 그렇다고 몰두할 취미가 있는 것도 아니고, 나아가 공부할 마음도 없어서 남아돌아가는 정력과 체력과 지력을 어쩌지 못해 안달하는 열여덟 살의 남자였다. 그러나 그렇다고 쉽게 인정하기는 몹시 서글프다.

"따분하지, 너?"

"내 사전에 그런 말은 존재하지 않네, 이노우에 군."

나도 신파조로 대답했다.

"그런가, 그것 참 유감일세. 시간 보내기에는 죽이는 사건이라고 생각했는데. 그럼 다른 이에게 전화해 보지."

사건. 아아, 이 얼마나 감미로운 울림인가.

"……뭐야? 뭘 가지고 그렇게 젠 척하는 거야?"

"궁금하냐?"

이노우에가 뼈를 던졌다. 반사적으로 입가에 침이 주르륵 흘렀다. 참아라. 아직 덥석 물어서는 안 되느니.

"그래봐야 멤버 중 누가 날치기를 당했는데, 되찾으러 가자, 뭐 그런 거 아냐?"

"후후후."

이노우에의 대담한 웃음소리.

"빨리 말해라. 별일 아닌 것 갖고 이러면 당장 끊을 테니까."

"안심해."

이노우에가 진지하게 말했다.

"미녀의 목숨이 위험해."

"이노우에, 사랑한다."

뼈를 물었다. 너무 싱겁다.

"어디로 가면 되냐? 어디든 가지."

전화를 끊은 다음 몸을 내던지듯 침대에서 내려왔다. 그리고 여름방학 첫날 수영장에 가는 초등학생처럼 들떠서 외출 준비를 했다. '인디아나 존스'의 메인테마를 휘파람으로 불면서.

훗날 이노우에가 '위험한 게임'이라 명명한 사건은 이렇게 막을 올렸다. 그렇다. 나로서는 따분하던 참에 잠시 모험이나 즐겨보려는 속셈이었는데.

아무튼, 나의 고등학교 시절 마지막 여름방학은 이런 식으로 그 본격적인 시작을 고했다.

2

그 대학은 유난히 총리대신을 많이 배출해 전국적으로 이름
을 날리는 사립대학이었다. 하기야 능력의 유무는 불문에 부친
다는 전제가 따르지만.

내가 다니는 고등학교에서 그리 멀지 않은 곳에 있지만, 양
자 사이에 공통점은 전혀 없다. 딱 한 번 한겨울의 체육 시간에
장거리 달리기를 하면서 학교 밖으로 나가 그 대학의 넓은 캠
퍼스를 가로지른 일이 있었다.

"결혼해서 자식 낳으면, 이 대학 캠퍼스에서 달린 적이 있다
고 자랑해도 좋을 것이다. 너희 같은 놈들은 아무리 용을 써도
들어갈 수 없는 대학이니까."

물론 우리를 인솔한 것도, 징그러운 미소를 띠고 그런 말을

뱉은 것도 민족계 머리 나쁜 체육 선생 망키 사루지마였다.

나는 이노우에와 만나기로 약속한 제5교사 안에 있는 카페테리아로 가기 위해 오랜만에 그 캠퍼스를 가로질렀다. 여름방학이 시작되었을 텐데도 학생들의 모습이 심심찮게 눈에 띄었다. 모두 하나같이 짙은 남색 양복 차림에 긴장과 피로에 쩐 얼굴이었다. 취직 준비가 막바지에 임박해 여름방학인데도 동분서주하고 있는 것이다. 쾌적한 티셔츠 차림의 나는 그들을 힐금거리면서 제5교사 안으로 들어갔다.

방학 중의 저녁나절이라 그런지 카페테리아는 한산했다. 제일 구석에 있는 6인용 테이블에 앉아 있던 이노우에가 내 모습을 보자 손을 휘휘 흔들었다. 이노우에와 마주앉은 남색 투피스 차림의 여자가 뒤돌아 나를 쓱 쳐다보았다.

테이블 곁으로 다가가자 남색 투피스 차림의 여자가 자리에서 일어나더니 머리를 깊이 숙여 인사하고는 긴장한 표정으로 자기 이름을 말했다.

"요시무라 교코라고 해요."

가녀린 윤곽, 반듯한 콧대, 하얀 피부. 이런 특징을 한마디로 뭐라고 하더라? 고전 소설에서 미인을 표현할 때 대개 그 말을 사용했는데…….

"미나가타라고 합니다."

내가 말했나.

"미나가타 구마쿠즈(南方熊楠, 1867~1941, 민속학자, 생물학자-옮긴이)와 같은 미나가타죠."

요시무라 교코는 물음표를 머리 위에 띄우고 약간 고개를 갸우뚱했다. 그때까지 억지로 가장했던 '여인'의 표정이 무너지고 '여자애'가 얼굴을 내밀었다. 막판 쐐기를 박기로 했다.

"이마가 무척 예쁘네요."

내가 뜬금없이 그렇게 말하자, 요시무라 교코는 순간적으로 놀란 표정을 보이더니 바로 얼굴을 붉히면서 부드럽게 미소 지었다.

"고마워요. 조금 전에 이노우에 군에게서도 그런 말을 들었는데."

이노우에가 키득키득 웃었다. 더 좀비스의 멤버라면 모두 알고 있는 '예쁜 이마 테크닉'이다. 그런 기술을 가르쳐준 것은 물론 아기다.

나는 이노우에의 어깨에 가볍게 펀치를 먹이면서 옆자리에 앉았다. 요시무라 교코까지 자리에 앉자 이노우에가 입을 열었다.

"요시무라 씨는 우리 누나랑 중학교 동창이고, 이 대학 법학부 4학년이야. 좀 골치 아픈 일이 생겨서, 누나를 통해 내게 도움을 청했어."

"여름방학인데, 이렇게 나오게 해서 미안해요."

요시무라 교코가 머리를 까닥 숙였다.

"신경 쓰지 마십시오."

바로 본론에 들어갔다.

"골치 아픈 일이란 게 뭐죠?"

요시무라 교코의 얼굴에 어두운 그늘이 퍼졌다. 이노우에가 아까 통화에서 했던 말이 떠올랐다. 미녀의 목숨이 위태롭다.

이노우에가 대신 입을 열었다.

"요시무라 씨가 지금 스토커에게 시달리고 있어."

스토커? 그럼 변태? 그럼 내가 변태 퇴치 작전에 동원되었다는 말이야? 목숨이 위태로울 정도의?

내가 마음속으로 한숨을 쉬자 눈치 빠른 이노우에가 그 소리를 듣고 말했다.

"얘기를 끝까지 들어."

두 주일 전부터 요시무라 교코가 혼자 사는 방에 무언전화가 걸려오기 시작했다. 처음에는 별일 아니겠지 싶어 무시하며 지냈다.

"혼자 사는 여자에게 무언전화는 반드시 따라다니는 덤 같은 거니까요."

처음 듣는 소리였다. 요시무라 교코가 계속 말했다.

"개중에는 아주 심한 말을 하는 사람도 있어서, 무언전화 정도는 거의 신경도 안 써요. 그런데 그 무언전화는 좀 달랐어요."

"어떻게요?"

내가 물었다.

"아주 규칙적이었어요."

요시무라 교코가 미간을 잔뜩 찌푸리고 대답했다.

"어떤 식으로?"

"매일 밤 똑같은 시간에 전화가 와요. 1초의 오차도 없이."

무언전화가 처음 걸려온 밤, 그때 요시무라 교코는 라디오를 듣고 있었다.

"밤 아홉 시를 알려드립니다. 삐, 삐, 삐, 삐……."

시보와 함께 전화벨이 울렸다. 다음 날도 라디오를 켜놓고 있었다. 삐, 삐, 삐……. 그다음 날은 텔레비전을 켜놓고 볼륨을 죽인 상태에서 기다렸다. 아홉 시 시보를 알리는 화면으로 바뀌는 순간. 그다음 날도, 그다음 날도, 그다음 날도.

"상대방이 한마디도 말을 안 한다는 거죠?"

내가 물었다.

"단 한마디도?"

요시무라 교코가 고개를 끄덕였다.

"내가 전화를 받으면 1초 정도 있다가 끊어요."

"점호라도 하는 것 같군."

이노우에가 말했다.

"나이스. 그런 식의 발상이라면 얘기할 맛이 나지."

나는 이노우에에게 그렇게 말하고 요시무라 교코에게 물었다.

"무언전화가 시작된 때부터 오늘까지, 밤 아홉 시에 늘 집에 있었나요?"

"그런 건, 아닌데."

요시무라 교코가 희미하게 고개를 저었다.

"요즘은 취직 준비 때문에 피곤해서 곧바로 집에 들어가는 날이 많았지만, 그래도 지난 두 주간 며칠 밤은 집에 없었어요."

"그럼 그때 점호를 못한 변태 녀석의 반응은?"

내가 물었다.

"정확하게 밤 아홉 시에 전화를 걸어서 자동응답기에 무언 메시지를 남겼어요. 그뿐이 아니고, 어쩌면 내가 잘못 생각하는 걸지도 모르지만……."

나와 이노우에가 잠자코 그다음 말을 기다리자, 요시무라 교코는 잠시 주춤거리다 말을 이어갔다.

"전화를 못 받은 날에는 반드시라고 해도 좋을 만큼 집 근처에서 어떤 시선을 느꼈어요. 역 개찰구를 나올 때나, 집으로 걸어가는 길, 뜨뜻미지근한 바람이 갑자기 목덜미를 핥는 듯한 느낌이……."

그 순간, 우리가 앉아 있는 테이블 주위로 짙은 침묵이 흘렀다. 나는 이노우에에게 물었다.

"그래서, 나더러 뭘 어쩌라는 건데?"

"보디가드."

이노우에가 한마디로 대답했다.

"요시무라 씨를 지켜줬으면 해."

보디가드. 이 얼마나 달콤한 울림인가.

그러나 잠깐. 이번에야말로 참아라. 덥석 물기 전에 빈틈없이 확인을 해야 하느니.

나는 생각하는 바를 솔직하게 얘기하기로 했다.

"그래도 지금 들은 내용만 봐서는 단순한 장난전화 이상은 아닌 것 같은데요. 자세한 것은 잘 모르겠지만, 요즘에는 장난전화를 사전에 방지하는 기능이 있는 전화기도 있고, 통신사에서 그런 부가 서비스도 하잖아요. 그런 걸 활용하면 해결될 문제 아닐까요?"

"그럴지도 모르지만……."

요시무라 교코가 시선을 툭 떨어뜨렸다.

"시선은, 장난전화 때문에 신경이 예민해져서 그런 게 아닐까 싶은데. 우연히 지나가는 아저씨의 끈끈한 시선을 느끼고 이상한 식으로 확대 해석했을 수도 있고. 시선을 느꼈을 때 주위에 이상한 사람 있던가요?"

요시무라 교코는 고개를 숙인 상태에서 옆으로 살랑살랑 내저었다.

"그렇다고 뭐 하기 싫다는 건 아니고, 잠시 상황을 지켜보자는 건데⋯⋯."

요시무라 교코가 갑자기 고개를 들고 내 말을 가로막았다. 도발적이고 강렬한 시선이었다.

"말을 할까 말까 망설였는데⋯⋯. 사흘 전에, 무언전화가 걸려온 후로 처음 친구 집에 가서 잤어요. 다음 날 점심때쯤 집에 돌아와서 문을 열려고 손잡이를 잡았더니⋯⋯."

말을 꺼내놓고 요시무라 교코가 몹시 주저했다. 이노우에와 나는 말없이 기다렸다.

"남자의 그게, 끈적거리는 게⋯⋯. 그러니까⋯⋯그게⋯⋯."

"됐습니다. 말 안 해도 알겠어요."

이노우에가 도움의 손을 내밀었다.

나는 확인삼아 재차 묻고 싶었지만, 이노우에가 내민 손길을 무색하게 만들 수는 없었다. '그것'이란 아마도 남자의 정액을 뜻할 것이다.

"그런 일도 있고 해서, 너무너무 무서워서 이노우에 군의 누나에게 털어놓고 의논했어요. 그랬더니 자기 남동생과 그 친구들이 도와줄 거라고⋯⋯."

요시무라 교코는 그렇게 말하고, 애원하는 듯한 눈길로 나를 쳐다보았다

오케이. 요시무라 교코 씨를 괴롭히는 변태가 있는 것은 분

명한 듯하다. 어쩌면 무언전화를 거는 인간과 동일 인물일 수도 있다. 무언전화에다 손잡이에 묻은 정액. 변태 2관왕이다. 혹시 속옷까지 훔쳤다면 변태계의 3관왕. 그리고 3관왕 대책에는 '변태 방어막'을 펼치는 전문 수비진이 필요하다.

"경찰에 신고하는 게 좋지 않겠어요? 그게 제일 좋은 방법일 것 같은데."

내가 말했다.

"그럴까도 했어요. 하지만 밤길에 치한을 만났거나 속옷을 도둑맞은 친구들이 경찰에 신고했더니, 아주 사소한 것까지 시시콜콜 물어서 마치 자기가 가해자인 것처럼 불쾌했다고 하더라고요. 또 어떤 친구는, 섹시하게 생긴 너에게도 책임이 있다는 말까지 들었다고 하고……."

어이휴. 보탬이 되어야 할 수비진의 한심한 작태를 듣고 내가 한숨을 쉬자, 요시무라 교코는 무슨 뜻으로 받아들였는지 당황하는 눈치였다.

"며칠만이라도 괜찮아요. 역에서 집까지 데려다주고, 그리고 아홉 시에 무언전화를 받아주면 돼요. 그러면 상대방도 단념하지 않겠어요? 힘들까요?"

"이상하게 생각지 않으면 좋겠는데요."

그렇게 전제하고 물었다.

"사귀는 남자 친구 없어요?"

"있어요."

"그럼 그 남자 친구에게 부탁하는 게 어떻겠어요? 그게 순서일 것 같은데……."

"하지만……."

"왜요? 그가 너무 허약 체질이라 믿음직스럽지 못한가요?"

"그런 건 아니고. 이 대학 체육회 가라테부 사람이에요."

나는 이노우에의 얼굴을 보았다. 이노우에는 도리어 나는 모르는 일이라는 식으로 내 얼굴을 보았다. 시선을 요시무라 교코에게 돌리고 물었다.

"이 일에 대해서 얘기는 했어요?"

요시무라 교코는 고개를 가로저었다.

"왜요?"

나는 단도직입적으로 물었다.

요시무라 교코는 잠시 망설이다가 대답했다.

"그가, 변태가 좋아하는 여자라고 생각하면 어쩌나 싶어서……."

또 이노우에의 얼굴을 쳐다보았다. 이노우에는 감탄스럽다는 듯 고개를 끄덕이더니, "여자 마음이 다 그렇죠." 하고 말했다. 다들 뭐라는 건지.

나는 긴 한숨을 쉬었다. 이노우에가 한숨을 뚝 잘라내듯 말했다.

"안심하세요. 이 녀석, 꽤 믿을 만하니까."

어이없어하는 나를 향해 요시무라 교코가 꺼져가는 가녀린 목소리로 말했다.

"나, 너무너무 무서워요……."

기억났다. 옛 고전소설에서 미인을 표현할 때 사용하는 말. '외씨 같은 얼굴.' 그 외씨 같은 얼굴의 미녀가 지금 내게 절박한 눈빛으로 호소하고 있다. 마치 안간힘을 다해 어미의 보호를 애원하는 갓 태어난 작은 동물처럼.

미녀를 지키는 보디가드. 미녀를 지키는 보디가드. 미녀를 지키는 보디가드. 가슴속으로 세 번을 중얼거리면서 마음을 다잡은 다음 나는 말했다.

"좋습니다. 당신을 지켜드리죠."

3

요시무라 교코가 화장실에 가려고 일어섰다. 당장에 이노우에의 어깨에 강편치 세 대를 날렸다.

"야, 임마. 네가 지켜주면 되잖아."

"나는 내일부터 3박 4일 동안 꼬박 알바해야 된단 말이야."

이노우에가 자기 어깨를 주무르면서 말했다.

"가야노하고 같이 고속도로 깔러 오카야마에 간다고."

"왜 나야? 보디가드는 순신이 적격인데."

"어디 있는지 알 수가 있어야지. 집에 있는 건 너뿐이었어."

이노우에의 어깨에 강편치를 한 번 더 날렸다.

"뭐가 미녀의 목숨이 위태롭다는 거야. 쳇, 그 말에 깜박 넘어갔잖아."

내가 그렇게 말하자, 이노우에는 또 어깨를 주무르면서 말했다.

"요즘 스토커 살인 같은 사건도 많잖아. 요시무라 씨 얘기 들어 보니까, 정말 위험한 놈 같던데."

"스토커라고 영어로 말하니까 위험하게 들리는 거지. 그냥 '변태'잖아. 눈 감아 봐."

이노우에가 순순히 눈을 감았다.

"어떤 남자가 너를 덮쳤다. 상대는 스토커다……. 어때? 게리 올드만 못지않게 험상궂게 생겼지?"

이노우에는 눈을 감은 채 굳은 표정으로 고개를 까딱거렸다. 나는 다시 말했다.

"그럼, 다음. 어떤 남자가 너를 덮쳤다. 상대는 '변태'다……."

이노우에는 여전히 눈을 감은 채, 풉, 하고 웃음을 터뜨렸다. 나는 계속해 말했다.

"수염이 텁수룩하고, 만화에 나오는 나가시마 다케오처럼 입 주위가 파르스름하지? 머리는 7대 3으로 가르고. 아니지 8대 2인가. 그리고 티셔츠 깃은 축 늘어졌고."

폭소를 터뜨릴 줄 알았는데, 이노우에 입에서 흘러나온 것은 가벼운 한숨이었다. 나는 물었다.

"왜, 또?"

이노우에가 눈을 감은 채 대답했다.

"형 얼굴이 떠올라서······. 우리 형, 안 팔리는 아이돌 가수 쫓아다니고 있거든."

나는 축 늘어진 이노우에의 어깨를 가볍게 쳤다. 이노우에가 눈을 떴다. 이노우에가 또 한숨을 쉬면서, "참 예쁘다." 하고 중얼거렸다. 이노우에 시선을 따라가 보니, 요시무라 교코가 돌아오고 있었다.

"잘 보호해 줘."

이노우에가 말했다.

"안심하고 맡겨."

나는 거침없이 대답했다.

"난 스토커 살인 같은 사건에 휘말릴 만큼 약하지 않으니까. 야마시타도 아니고."

야마시타라는 이름을 듣자 이노우에는 마치 조건반사 작용을 일으킨 듯 키들키들 웃었다.

대학 정문 앞에서 이노우에와 헤어졌다. 요시무라 교코와 둘이 다카다노바바 역까지 걸어갔다.

걸어가는 30여 분 동안, 나는 더 좀비스에 대해 얘기했다. 요시무라 교코는 아주 재미있다는 듯 귀 기울여 들었다. '사상 최악의 어리바리 사나이' 야마시타 얘기를 하자 요시무라 교코는 걸음을 멈추고 몸까지 배배 꼬면서 웃었다.

"야마시타는 거꾸로 태어났대요. 낳는 데 열여덟 시간이나 걸렸는데, 엄마가 출혈이 너무 심해서 수혈을 받았는데, 그 피 때문에 B형 간염에 감염되었죠. 그뿐이 아니에요. 아기 출산에 함께 하려고 아버지가 차를 타고 병원으로 달려가는데, 글쎄 타이어가 한꺼번에 두 개나 펑크가 났대요. 아버지가 길에서 이러지도 저러지도 못하고 있는데 갑자기 천둥소리가 울리더니 이만한 우박이 내렸는데, 우박에 뒷머리를 맞아서 피가 났대요. 야마시타가 태어난 날이 6월 6일이고, 아버지와 엄마가 첫 데이트를 하면서 본 영화가 〈오멘〉이라고, 그래서 두 사람은 야마시타를 데미안의 환생이 아닐까 하고 정말 걱정을 많이 했답니다."

그때, 폭소.

"첫 데이트 때 '오멘'을 보는 사람들도 좀 이상하지만."

또 폭소.

한바탕 웃은 요시무라 교코는 눈가에 맺힌 눈물을 손가락으로 닦으면서 말했다.

"거짓말."

전부 정말인데.

역에 도착했다. 하필 퇴근시간대였다.

사람들이 꽉꽉 들어찬 전철이 무거운 차체가 버거워 덜컹거리며 플랫폼으로 들어왔다. 조금 전까지 그렇게 깔깔거렸던 요시무라 교코의 얼굴이 긴장으로 보일 듯 말 듯 뒤틀려 있었다.

문이 열리고, 수많은 사람들이 쏟아져 나오고 다시 빨려들어 가려는 순간, 나는 요시무라 교코의 손을 잡고 잽싸게 전철에 올라탔다. 앉을 자리는 없었다. 할 수 없이 승객들 사이를 다소 난폭하게 헤치면서 걸어, 요시무라 교코가 차량의 연결 문에 등을 대고 설 수 있게 했다. 승객들이 한꺼번에 몰려들어 내등을 떠밀었다. 나는 그녀의 손을 놓고 두 손을 문에 딱 대고 그녀 몸이 내 품 안에 쏙 안기도록 했다. 즉석 바리케이드가 완성되었다.

내 의도를 파악한 요시무라 교코는 눈꼬리에 미소를 머금고 입술을 내 귀에 바짝 대고 속삭였다.

"고마워요."

아주 좋은 향내가 났다.

전철이 움직이기 시작하자 스토커의 심리를 이해할 수 있을 것 같았다. 그래서 외씨 같은 요시무라 교코의 얼굴이 보이지 않게 시선을 위로 향했다. 천장에 매달린 주간지 광고의 커다란 글자가 입체적으로 시아에 날아들었다. 어떤 기사의 제목은, 모든 주부가 남편이 없을 때면 바람을 피운다고 단정 짓고, 또 어떤 기사의 제목은 모든 여고생이 약물 중독과 음란 행위에 노출되어 있다고 단정 짓고, 또 어떤 기사의 제목은 모든 재일 외국인은 범죄자라고 단정 지었다.

가령 내가 장차 회사원이 되어 이런 광고가 주르륵 매달린 전철을 몇 년이나 계속 타고 다닌다면, 과연 어떻게 될까? 나중에 불현듯 자신을 돌아보니, 세상을 삐딱하게 보는 버릇이 생겼고, 그 탓에 만사에 금방 실망하고, 또 그 탓에 만사를 금방 포기하고, 또 그 탓에 늘 불평만 해대는 별 볼일 없는 인간이 되어 있을 것인가? 아아, 싫다. 악순환의 고리는 반드시 끊어야 한다. 가능하다면 지금 이 순간에라도. 나는 변태가 되어도 상관없다는 각오로 고개를 바로 했다. 요시무라 교코의 웃는 얼굴이 기다리고 있었다.

반드시 그녀를 지키리라, 마음속으로 맹세했다.

시부야에서 내려 전철을 갈아탔다.

자리를 확보해 간신히 앉았다. 앉자마자 요시무라 교코에게 물었다.

"취직 준비, 힘들어요?"

요시무라 교코가 고개를 끄덕였다.

"힘들었어요. 덕분에, 결정은 되었지만."

"그런데."

내가 남색 투피스를 가리키면서 말하자, 요시무라 교코가 미간을 약간 찡그리면서 대답했다.

"맨살을 내놓고 다니면 무수한 시선이 꽂히는 듯한 느낌이 들어서 너무 불쾌해요. 그래서, 부자연스럽지 않게 이런 투피스를 입고 다니는 거예요."

화제를 바꾸려고 물었다.

"괜찮으면 어디 취직되었는지, 가르쳐줄 수 있어요?"

요시무라 교코는 유명한 민영 방송국 이름을 말했다. 내가, 그래요? 하고 짧게 대꾸하자 요시무라 교코가 호호 웃었다.

"왜 웃어요?"

"그 방송국 이름 말하면 다들 굉장하다고 놀라는데."

"난 텔레비전 안 봐요. 아니, 텔레비전이 고장 나서 볼 수가 없는 거지만. 그래서 방송국의 가치를 모릅니다."

요시무라 교코는 또 호호 웃고는, "이상해." 하고 중얼거렸다.

이상한가?

역에 도착했다.

오후 일곱 시. 역에서 나오자 하늘빛은 아직 완전히 저물지 않은 오렌지색이었다. 그러나 집으로 걸어가는 요시무라 교코의 눈에 그 아름다운 색은 담겨 있지 않았다. 검은 눈동자가 겁에 짓눌려 더욱 어둡고 검었다.

요시무라 교코의 긴장을 풀어주려고 재미있는 얘깃거리를 찾다 보니, 아파트 앞에 도착했다. 아파트는 호화롭지도 궁상맞지도 않은 아주 평범한 3층짜리 건물이었다.

건물 오른쪽에 있는 콘크리트 계단으로 3층에 올라가 층계

참에 섰다. 앞에 문 두 개가 보였다. 한 층에 두 세대가 사는 모양이다.

요시무라 교코가 오른쪽 문 앞에 선 채 어깨에 멘 가방에서 열쇠를 꺼냈다. 그리고 잠시 주춤거리다 조심스레 손잡이를 잡았다. 요시무라 교코가 안심한 듯 한숨을 쉬고 열쇠를 구멍에 밀어 넣었다. 찰칵, 잠금쇠가 풀리는 소리가 났다.

"들어와요."

요시무라 교코가 문을 열면서 말했다.

"실례합니다."

나는 엉뚱한 생각을 하고 있다 여겨질까 봐 일부러 예의 바르게 말했다. 그게 오히려 이상했는지 요시무라 교코가 입가에 아련한 미소를 지었다. 무척 섹시해 보였다. 나는 그녀가 알아차리지 못하게 배로 숨을 들이쉬고 천천히 내쉬었다. 미라가 되지 않게 조심해야 한다.

실내는 원룸이었다. 나는 비교적 넓은 부엌 한가운데 놓인 식탁에 앉아 티셔츠와 청바지로 옷을 갈아입고 저녁을 준비하는 요시무라 교코의 모습을 가만히 바라보았다.

저녁메뉴는 샐러드와 미트 소스 스파게티였다. 식물섬유, 탄수화물, 그리고 미인. 일하는 엄마와 둘이 사는 나로서는 오랜만에 먹어보는 제대로 된 저녁이었다.

요시무라 교코가 와인을 땄다. 내게도 권했지만 거절했다.

"왜 안 마시는데? 미성년이라서 못 마신다는 건 아니겠지?"

알코올이 들어가 긴장이 풀어졌는지, 요시무라 교코가 허물없이 조잘거리기 시작했다.

"취하면 무슨 일이 생겼을 때, 지킬 수가 없어서요."

내가 그렇게 말하자, 요시무라 교코는 무슨 희귀동물이라도 본 것처럼 놀라며 호호호호 웃었다.

"요코가, 아니지, 이노우에 군의 누나도 그렇게 말하더니, 너희들 정말 유별나다. 내가 부탁해놓고 이렇게 말하기 좀 뭐하지만, 왜 보디가드 하기로 했는데? 너에게는 아무 이득 없는 일인데."

'어렸을 때 에도가와 란포(江戶川亂步, 1894~1965, 탐정소설 작가-옮긴이)의 소년 탐정단 시리즈를 읽고 나쁜 사람을 무찌르는 일을 동경했기 때문'이라고는 대답하지 않았다. 나는 잠시 우울한 분위기를 조성하고서 말했다.

"문제의 소지가 있는 일에는 가능한 한 관여하고 있습니다."

"왜?"

대답이 준비되어 있지 않아 당황했다. 요시무라 교코는 대답을 재촉하듯 알코올에 젖은 눈으로 나를 지그시 쳐다보았다. 시선의 압박을 견디지 못해 나는 일단 입을 열기로 했다.

"가령 우리가 자란 시대에 베트남 전쟁이나 학생운동처럼 알기 쉬운 일이 있었다면, 굳이 이유를 설명하지 않아도 되겠죠. 그냥 우울하게 미소만 지어도 상대방이 제멋대로 이야기를 만들어줄 테니까요. 그러나 우리 시대에는 아무것도 없어요. 그러니까 스스로 이야기를 만들자면 여러 가지 일에 관여하지 않을 수 없는 거죠."

어쩨 의미가 잘 전달되지 않은 듯, 요시무라 교코의 반응이 미적지근했다. 나는 다시 말을 이었다.

"우리 멤버 중에 히로시라는 녀석이 있는데, 그 녀석이 가끔 해주는 옛날이야기를 들어보면 이유를 알 수 있을지도 모르겠군요."

"얘기해 봐."

"재미있게 얘기할 자신이 없는데요. 그리고 내가 얘기해서는 설득력도 없을 테고. 얘기하는 사람을 가리는 이야기가 있잖아요."

요시무라 쿄코는 "응, 알 것 같아." 하고는 잔을 들어 와인을 꿀꺽 마셨다.

"뭐 간단히 말하면, 재미있으니까 하는 거겠죠."

요시무라 교코는 좀 납득이 가지 않는다는 표정으로, "재미있으니까 한다." 하고 중얼거렸다.

그때.

전화벨.

툭.

요시무라 교코가 들고 있던 와인 잔이 바닥에 떨어졌다. 잔은 깨지지 않았지만 옆으로 굴러 빨간 액체가 마룻바닥 위로 천천히 퍼졌다.

나와 요시무라 교코는 거의 동시에 바닥에서 고개를 들고 식탁에 놓인 조그만 자명종과 무선전화기를 보았다.

8시 26분.

무선전화기에서 요란하게 전자음이 울렸다.

"내가 받을게요."

요시무라 교코는 그렇게 말하고 잔뜩 굳은 표정으로 무선전화기를 들었다. 떨리는 손가락으로 통화 버튼을 누르고, 전화기를 귀에 갖다 댄다.

"……여보세요."

요시무라 교코가 눈을 감고 길게 숨을 내쉬었다. 가슴이 오르내렸다.

"미안, 지금 좀 바쁘니까, 나중에 내가 걸게."

요시무라 교코는 그렇게 말하고 전화를 끊었다.

"친구예요."

나는 요시무라 교코의 말에 고개를 끄덕이며 말했다.

"이제 슬슬 준비를 하죠."

바닥을 닦고 그릇을 치웠다. 요시무라 교코가 와인 색이 번진 하얀 양말을 갈아 신자, 9시 5분 전이었다.

우리는 부엌에서 거실로 이동했다. 텔레비전을 켜고 채널을 NHK에 맞춘 다음 소리를 없앴다. 그때도 나는 정말 전화가 걸려올지 반신반의하고 있었다. 그래서 텔레비전 화면이 9시 프로그램 화면으로 바뀌는 순간 전화벨이 울리자, 비로소 공포감을 느꼈다. 요시무라 교코는 가녀린 어깨를 파르르 떨었다. 나는 그녀를 향해 고개를 한 번 까딱한 다음 침대 옆 사이드 테이블에 놓인 전화기의 수화기를 들어 귀에 댔다.

"여보세요."

침묵.

다시 한 번.

"여보세요. 요시무라인데요."

침묵.

그 순간, 짙은 악의가 전화선을 타고 전해졌다. 선입견이 있어서가 아니다. 나는 분명하게 느꼈다. 감촉이 아주 까끌까끌했다.

전화가 끊겼다. 수화기를 내려놓았다. 요시무라 교코는 아직도 어깨를 떨고 있었다. 나는 "괜찮습니다." 하며 미소 지었다. 그 미소가 미소 같았는지는 자신이 없지만.

만약을 위해 9시 반까지 기다렸다. 그러나 전화는 다시 걸려오지 않았다.

"내일은 뭐 할 거죠?"

내가 물었다.

"밖에 안 나갈 거예요."

"알겠어요. 그럼, 내일 밤 8시 반에 오죠."

현관에서 신발을 신고, 주의사항을 재확인했다.

"만약 밤에 누가 찾아와도 신뢰할 수 있는 사람이 아니면 절대 문 열어주지 마세요."

요시무라 교코는 진지한 눈빛을 하고 고개를 끄덕였다.

요시무라 교코의 집에서 나왔다. 문밖에 서서 문을 잠그는 소리와 체인을 거는 소리를 확인하고 계단 쪽으로 걸어갔다. 콘크리트 계단을 내려가면서 밤하늘을 올려다보았다. 둥그런 보름달이 떠 있었다. 전국의 모든 늑대 사내들이 변신해 밤거리를 휘젓고 다닐 것이다. 그러나 보름달을 보고 변신하는 것은 늑대 사내만은 아니었다.

계단을 다 내려와 몇 걸음 걸었는데 등 뒤에서 이상한 기척이 느껴졌다. 순간적으로 뒤를 돌아보려는데, 정수리에서 픽, 하는 소리가 났다. 눈앞에서 갖가지 색 불똥이 튀고 뜨뜻미지근한 액체가 이마로 왈칵 흘러내리고서야 소리의 정체를 알았다. 머리를 정통으로 맞은 것이다. 피가 눈으로 흘러들어 시야를 가렸다. 손바닥으로 온 힘을 다해 닦아냈다. 눈 깜짝할 사이에 피투성이 된 두 손을 티셔츠에 닦으려고 손을 내미려는 순간, 무언가가 목을 휘감았다. 무슨 띠 같은 것이 목울대를 파고

들고 그다음 순간, 그곳을 기점으로 강력한 힘이 가해졌다. 온몸이 한껏 뒤로 끌려간다. 손가락을 목울대와 띠 사이로 집어넣으려고 안간힘을 썼지만, 늦었다. 그것은 내 피부의 일부로 변한 것처럼 딱 들러붙어 손가락이 파고들 틈이 없었다. 단박에 숨쉬기가 힘들어졌다. 눈구멍 속에 가해지는 악의에 찬 압력이 눈알을 밖으로 밀어내려 하고 있다. 귀 속에서, 징, 하는 거슬리는 금속소리가 들렸다. 혀가 저절로 튀어나왔다. 앞으로 몇 초면 죽음? 아니지, 포기하면 안 된다. 침착해야 한다. 침착해, 침착해, 침착해. 돌파구를 찾아.

왼쪽 귀 바로 뒤에서 내 목을 가차 없이 조르는 인간의 거친 숨이 느껴졌다. 그리고 죽어 죽어 죽어 죽어 죽어 죽어 죽어, 하고 속삭이는 목소리. 적은 생각보다 가까이에 있었다. 나는 오른 주먹을 꽉 쥐고 엄지손가락을 세웠다. 그리고 어깨 너머 적을 조준해 힘껏 내밀었다. 엄지손가락에 조그만 젤리 덩어리를 찌른 듯한 감촉이 느껴졌다. 동시에, 헉, 하는 짧은 외마디 소리가 들렸다. 목을 조르던 압력이 바로 약해졌다. 적의 눈알을 강타한 주먹을 힘껏 앞으로 돌렸다. 반동으로 팔꿈치가 뒤쪽으로 튀어 올랐다. 팔꿈치가 적의 옆구리를 파고들었다. 윽, 하는 낮은 신음소리와 함께 등을 짓누르고 있던 압력이 사라졌다. 동시에 스르륵 소리 내며 목을 휘감은 띠가 풀렸다.

살의에 찬 목줄에서 풀려난 나는 단숨에 반격을 시도하고 싶었지만, 무리였다. 시야는 여전히 가려졌고, 숨은 가쁘고, 무엇보다 식도를 타고 맹렬하게 기어오르는 구역질이 전의를 꺾었다. 나도 모르게 땅에 무릎을 꿇고 말았다. 위험한 줄은 알지만 어쩔 수 없었다.

행운이었다. 뒤에 있는 적이 내 옆을 후다닥 지나 역 쪽으로 뛰어 도망쳤다. 타닥 타닥 타닥 타닥, 구둣발 소리가 울렸다. 아파트 부지에서 간신히 기어 나와 적의 뒷모습을 확인하려고 몸을 움직인 순간, 오랜만에 섭취한 영양분이 내 의지와는 무관하게 입에서 와르르 쏟아져 나왔다. 적당히 산화된 식물섬유와 탄수화물 대부분을 땅에 게워냈다.

구토의 물결이 잔잔해지자 주위를 둘러보았다. 왼쪽 땅에 주먹만 한 돌이 덩그러니 떨어져 있었다. 아마도 내 머리를 쳤을 흉기일 것이다. 나는 적의 지문이 묻어 있을 가능성이 있는 그 돌을 집어, 짙은 어둠이 번져 있는 아파트 뒤쪽으로 힘껏 내던졌다. 그 동작 탓에 구역질의 파도가 또다시 나를 덮쳤다.

위 속에 있는 모든 것을 게워내고서 땅바닥에 털퍼덕 주저앉았다. 심호흡을 한다. 머리에서는 아직도 피가 흘렀다. 쉬 멈출 것 같지 않았다. 피를 멈추게 하려면 아드레날린을 분비해야 한다. 그러기 위해서 필요한 것은 투쟁심. 범인을 증오하는 마음. 증오하라, 증오하라, 증오하라.

잦아들었다. 지금은 그저 땅에 등을 대고 드러눕고 싶었다.

중력이, 무리하지 말라고 속삭이며 내 등을 잡아당겼다. 나는 밤하늘을 올려다보았다. 달이 나를 내려다보고 있었다. 그렇게 멍하니 보고만 있지 말고 어떻게 좀 해 봐, 나를 잡아당기라고.

달의 인력을 빌려 간신히 일어났다. 몇 가지 해야 할 일이 있었다. 쓰러지는 건 그다음 일이다.

4

내 충고를 단단히 지킨 요시무라 교코는 좀처럼 문을 열어 주지 않았다. 철저한 신분 확인을 위해, 피가 흐르는 머리를 인터폰에 대고 저녁때 얘기한 야마시타 스토리의 축소판을 재연해야 했다. 그러나 대단원에서도 인터폰 너머 저쪽에서 웃음소리는 나지 않았다.

간신히 문이 열리고, 내 모습을 본 요시무라 교코는 "꺅!" 비명을 질렀다.

자세한 질문은 나중에 듣기로 하고, 우선 샤워를 했다. 피와 오물 찌꺼기를 몸에서 씻어냈다. 정수리를 만져보았다. 만져만 봐서는 그리 깊은 상처가 아닌 듯했다. 적의 기척을 느끼고 바로 돌아본 덕분에 공격이 빗나갔는지도 모르겠다. 제대로 맞았을 때의 일은 생각지 않기로 했다.

샤워를 하고 나오자 나를 위한 새 티셔츠가 준비되어 있었다. 그러나 아직 피가 완전히 멈춘 것은 아니어서 잠시 웃통을 벗고 있기로 했다.

식탁 의자에 앉아 편의점 비닐 주머니에 얼음을 담아 만든 즉석 얼음주머니를 머리에 대고, 밖에서 있었던 일을 요시무라 교코에게 설명했다.

"왜 미나가타 군이 당해야 하는 거지?"

"사냥감을 가로챘다고 화가 난 거겠죠."

요시무라 교코는 나의 무례한 말투에 다소 불쾌한 표정을 짓더니 식탁에 놓인 무선전화기를 들었다.

"어디다 거는 거죠?"

내가 물었다.

"경찰에 신고해야겠어."

나는 요시무라 교코의 손에서 전화기를 낚아챘다. 요시무라 교코는 당황스러움을 미간의 잔주름으로 드러냈다.

"안 됩니다."

내가 말했다.

"왜 안 되는 거지?"

"나는 살해당할 뻔했다고요. 빚을 갚아야죠. 이 사건은 이미 내 문제입니다."

내 목소리의 강경한 울림에 요시무라 교코는 아주 조금 두렵다는 표정을 지었다.

"전화 좀 빌리겠습니다."

나는 얼음주머니를 식탁에 내려놓고 전화번호를 눌렀다. 벨소리가 여러 번 울리고 상대방이 전화를 받았다.

"여보세요."

전화선을 통해 중저음의 목소리가 들려왔다. 나는 그 듬직한 목소리를 향해 말했다.

"나야. 좀 위험한 일이 생겼어. 지금 바로 와줘야겠다."

"어느 정도 위험하지?"

"죽을 뻔했어."

"알았어. 바로 가지."

요시무라 교코에게 전화기를 건네고 역 이름과 아파트까지 오는 길, 그리고 주소와 전화번호를 가르쳐주라고 했다. 그녀는 안절부절못하면서 그 내용을 전하고 전화기를 내려놓았다. 그리고 내게 물었다.

"어쩌려는 거야?"

"지금 여기로 올 녀석은 우리 멤버인 박순신입니다. 재일조선인이죠. 보디가드를 하기 위해 태어난 놈입니다. 나보다 세 배는 강해요."

요시무라 교코가 그래서? 라는 표정으로 나를 보았다. 나는 말을 이었다.

"오늘 밤 나는 보디가드로 도움이 안 됩니다. 범인이 다시 돌아올 리는 없겠지만, 만약을 위해서 순신이 나 대신 자지 않고 지킬 겁니다."

요시무라 교코는 열심히 눈을 깜박거렸다. 사태의 급진전에 머리가 따라가지 못해 과열되었는지도 모르겠다. 귀에서 연기가 나지 않는 것을 확인하고, 다시 말을 이었다.

"이건 내 직감인데, 범인은 머지않아 다시 습격해 올 겁니다. 오늘밤 한 차례로 끝나지 않을 거예요."

"왜 그렇게 생각하는데?"

바로 뒷전에서 들은 범인의 '죽어'라는 속삭임의 질감을 뭐라 말로 설명하기가 어려웠다. 범인은 나든 요시무라 교코든 아무튼 누군가를 죽이지 못해 안달 난 놈이다. 틀림없다.

내가 필사적으로 말을 생각하고 있자, 요시무라 교코가 말했다.

"역시, 경찰에……."

"나에게 일주일만 시간을 주시죠."

나는 요시무라 교코의 말을 가로막고 말했다.

"오늘이 토요일이죠?"

요시무라 교코가 고개를 끄덕였다.

"다음주 토요일까지 범인을 잡지 못하면, 같이 경찰에 가서 상황을 얘기하죠."

"범인을 잡다니, 어떻게 그런 일을……. 고등학생이잖아, 뭘 어떻게 할 수 있다는 거지?"

"나는 하드보일드 소설을 애독하는 사람입니다. 범인을 잡는 방법 정도는 잘 알고 있어요."

내가 장난스럽게 말하자, 요시무라 쿄코는 긴 한숨을 쉬었다. 나는 그녀의 눈을 들여다보면서 이번에는 진지하게 말했다.

"터무니없는 얘기를 하는 게 아닙니다. 나만 알 수 있는 표시를 범인의 몸에 새겨놓았으니까요. 아마 한 일주일 정도는 지워지지 않고 남아 있을 겁니다. 그 표시를 근거로 반드시 범인을 찾아낼 겁니다. 그리고 내게는 위급할 때 도움을 줄 수 있는 친구들이 있어요. 그들과 함께 하면 불가능이란 없죠. 그러니까 일주일만 시간을 주세요. 부탁합니다."

요시무라 쿄코는 무언가를 확인하듯 내 눈을 빤히 쳐다보았다. 나는 그 눈길을 피하지 않고 잠자코 대답을 기다렸다. 요시무라 쿄코는 짧게 한숨을 쉬고, 불가능이 없다니 할 수 없네, 하고 중얼거렸다.

"대신, 그 일주일 동안 나를 안전하게 지켜줘야 돼."

나는 힘차게 고개를 끄덕였다.

"목숨 걸고."

정수리를 만져보았다. 피는 더 이상 나오지 않았다.

요시무라 교코의 양해를 얻어 조그만 냉장고 안에 있는 것을 거의 다 해치웠다. 특히 우유와 치즈, 햄 등 신속하게 피로 전환될 만한 것 위주로 배를 채웠다.

그리고 순신을 기다리며 몇 가지 질문을 했다.

"아무 거라도 좋습니다. 무언전화가 걸려오기 시작한 시점부터, 뭐든 미심쩍은 일이 없었나요?"

요시무라 교코는 잠시 시선을 떨구고, 전혀 관계없는 일인지도 모르겠지만, 하고 중얼거렸다.

"뭐든 괜찮습니다. 말해 보세요."

요시무라 교코가 고개를 들고 말했다.

"무언전화가 시작된 게, 취직이 결정나고부터야. 나 그때, 너무너무 기뻐서 친구들에게 여기저기 전화를 걸었어. 아직 1차 면접도 통과하지 못한 친구들이 있는데……."

"그 말은 무언전화를 건 사람이 요시무라 씨를 시기하는 친구일 수도 있다는 건가요?"

요시무라 교코는 부끄러운 듯 몸을 움츠리고 고개를 끄덕였다.

그렇다면 나를 죽이려 한 범인은 요시무라 교코가 부럽고 얄미운 친구여야 한다. 너무도 간단한 결말. 그리고 너무도 빈곤한 동기. 아니다. 절대 그렇지 않을 것이다. 내 목숨은 그렇게 싸구려가 아니다.

"전화를 건 친구 명단을 만들어줄 수 있을까요?"

내가 그렇게 말했을 때 전화벨이 울렸다. 요시무라 교코가 몸을 푸르르 떨면서 정체 모를 갑각류라도 보듯 무선전화기를 내려다보았다.

"내가 받을까요?"

요시무라 교코가 보일 듯 말 듯 고개를 끄덕였다.

나는 전화기를 들고 통화 버튼을 눌렀다.

"여보세요."

침묵.

"누구야, 너?"

내가 '범인'을 향해 적의를 한껏 담아 말하자, 뜻밖에도 대답이 있었다.

"너야말로 누구야?"

"에?"

당황한 나를 보고 요시무라 교코가 내 손에서 전화기를 가로챘다.

"여보세요."

그리고 요시무라 교코는 "잠깐만요." 하더니 송화구를 손바닥으로 막고 낮은 목소리로, 그 사람이라고 내게 말했다. 요시무라 교코가 전화기와 함께 거실로 나가자, 인터폰이 울렸다. 거실에서는 아니라니까, 라느니, 그럴 리가 없잖아, 라느니, 옛날 친구, 라느니, 나중에 내가 걸게, 하는 말이 들려왔다. 그리고 요시무라 교코가 순식간에 열 살쯤 늙어버린 얼굴로 돌아왔다.

"화를 내던가요?"

내가 그렇게 묻자, 요시무라 교코는 맥없이 고개를 옆으로 저으면서 말했다.

"널, 죽여 버리겠대."

세상은 나의 목숨을 노리는 자들로 가득하다. 내게도 보디가드가 있어야 할 듯하다.

또 벨이 울렸다. 아무튼 이제는 순신이 나설 차례다.

넋 빠진 표정으로 문을 연 요시무라 교코는 순신의 모습을 보는 순간, 반사적으로 등을 꼿꼿하게 폈다. 검은 티셔츠 소매 밖으로 드러난 두 팔이 실리콘이라도 주입한 것처럼 부자연스럽게 부푼 탓인가, 아니면 날카로운 화살촉 같은 빛을 내뿜는 두 눈에 찔린 것인가.

"처음 뵙습니다."

다감한 미소를 띠고 순신이 그렇게 말하자, 요시무라 교코는 안심한 것처럼 짧게 숨을 내쉬었다.

순신에게 지금까지의 경위를 대충 설명했다. 요시무라 교코의 남자 친구가 나를 죽이고 싶어 한다는 말은 하지 않았다.

"일주일만 요시무라 씨를 보호해 줘."

내가 말했다.

"나는 이리저리 좀 움직여야 할 것 같으니까."

순신은 오른쪽 눈꼬리에 세로로 난 흉터를 갉작갉작 긁으면서 주저하는 듯하다가, 고개를 끄덕거리며 말했다.

"할 수 없지 뭐."

"고맙다."

"만약 범인이 나타나면, 어느 정도 선에서 대처하면 되지?"

"맡길게. 네가 알아서 해."

순신의 눈꼬리 흉터가 불그스름해졌다. 그 변화를 본 요시무라 교코는 어쩌다 내가 이런 사람들과 엮였을까, 하는 표정을 지으며 힘없이 고개를 가로저었다.

요시무라 교코의 집에서 나왔다.

문이 잠기는 소리와 체인을 거는 소리. 아까와 똑같다.

계단을 천천히 내려왔다. 올려다보니 하늘에는 아직도 보름달. 아까와 똑같다.

마지막 계단에 섰다. 무서워서 내려설 수가 없다. 범인이 어디선가 나를 지켜보면서 틈을 보다 또다시 습격할지도 모른다. 춥지도 않은데 등이 떨린다. 다시 돌아가 순신에게 역까지 데려다 달라고 할까, 하고 생각했다.

히히히.

소리 내어 웃었다.

살짝 점프를 해 땅으로 내려섰다.

헤헤헤.

일이 재미있어지고 있다.

5

일요일.

자명종의 힘을 빌려 점심시간 전에 일어났다.

혹독한 근육통. 목이 제대로 돌아가지 않는다. 어깨와 등도 딱딱하게 굳어 있다. 침대에서 꼼꼼하게 스트레칭을 하며 몸을 풀었다. 머리 상처를 만져 보았다. 상처에 딱지가 앉았다. 병원에 가지 않아도 될 것 같았다.

샤워를 하려고 욕실에 들어갔다. 거울에 비친 내 모습을 보고 깜짝 놀랐다. 목에 난 시퍼런 멍. 마치 목줄 같다. 젠장, 목줄에 묶여서 고분고분 지낼 수는 없다. 반드시 물어줄 테다.

샤워를 하고 벽장에서 얇은 터틀넥 검정 스웨터를 꺼내 머리에 뒤집어썼다. 목줄이 가려졌다. 창밖을 보았다. 여름 햇살

이 기운차게 약동하고 있었다. 한숨을 쉬면서 소매에 팔을 밀어 넣었다.

　스웨터가 등에 찰싹 달라붙을 정도로 땀에 젖었을 때, 내 사랑하는 고등학교에 도착했다.

　생물연구실이 있는 제2동을 향해 걸어가는데, 운동장에서 노란 탱크톱에 빨간 반바지, 하얀 스포츠용 양말에 초록색 스니커 등, 체육계 얼간이 패션으로 단장한 망키의 모습이 나타났다. 어제부터 나는 그에게 야마시타만큼이나 왕재수다.

　망키는 나를 보더니 사냥감을 포식하기 직전의 새끼 용 같은 눈빛을 발사했다.

　"야, 너, 뭐 하러 왔어?"

　완벽한 시비조로 망키가 말했다.

　"생물 선생님을 뵈러 왔는데요."

　나는 침착하게 대답했다.

　망키는 퉷, 하고 땅에 침을 뱉고서 말했다.

　"또 무슨 꿍꿍이야, 이놈 자식들이."

　"참, 선생님도. 여름방학 과제 하다가 모르는 게 있어서 질문하러 온 거라고요."

　내가 농담조로 그렇게 말하자, 망키의 팔뚝 근육이 푸들푸들 경련했다. 학생들 사이에서 스테로이드 주사를 맞고 있다는 소문이 무성한 팔뚝이다.

슬며시 태세를 갖췄는데, 펀치는 날아오지 않았다. 그 대신 생각났다는 듯 망키가 말했다.

"왜 그렇게 덥게 입었어?"

당황한 나는 한바탕 너스레를 떨었다.

"이거, 요즘 젊은이들 사이에서 유행하는 패션이에요. 다들 이런 거 입고 신나게 돌아다니는데, 아하하하."

망키는 당연히 나의 개그를 이해하지 못했다.

그러고는 "설마." 하고 전제하고서 말했다.

"누구에게 목 졸려놓고 그걸 가리려는 속셈은 아니겠지?"

만약 내가 만화 캐릭터이고, 머리 위에 대사용 말풍선이 떠 있다면 아마도 그 안에는 '!!!'가 가득할 것이다.

나는 애써 차분하게 대답했다.

"실은, 그 말씀이 옳습니다. 지금 제 목을 조른 범인을 찾고 있어요."

망키는 10초 정도 아무 말 없이 흉측한 파충류 같은 눈으로 나를 노려보고서 말했다.

"까불지 마……. 네 놈들, 졸업하기 전에 반드시 퇴학시켜버리겠어."

망키는 그렇게 말하고 힐금힐금 노려보면서 내 옆을 지나 체육 주임실 쪽으로 걸어갔다. 나는 돌아보면서 망키의 등에나 참, 대단하십니다, 하고 속으로 욕했다. 망키가 갑자기 멈춰 서서 나를 돌아보았다.

"뭐라 그랬어?"

무시무시한 놈이다. 망키에게 부탁하면 범인을 바로 검거할지도 모르겠다.

"날씨가 좋다고요."

나는 얼른 둘러댔다.

망키는 또 땅에다 침을 툇, 뱉었다.

제2동에 도착, 3층으로 올라갔다.

생물연구실에 들어가 안쪽에 있는 주임용 준비실 문을 두드렸다.

들어와요, 하는 소리가 들렸다. 문을 열었다. 생물 선생 요네쿠라, 통칭 닥터 모로는 두 평 정도 크기의 방에서 창가에 놓인 소파에 앉아 책을 읽고 있고, 가운데 놓인 책상에서는 이타라시키 히로시가 컴퓨터와 마주앉아 있었다. 둘 다 나는 쳐다보지도 않았다.

"뭐 읽고 계세요?"

내가 묻자, 닥터 모로는 고개도 들지 않고 "콘라트 로렌츠, 〈공격 행위에 관하여〉."라고 대답했다.

"재미있어요?"

닥터 모로는 말없이 고개만 끄덕거렸다.

"다 읽으면 빌려주세요."

닥터 모로는 또 말없이 고개만 끄덕거렸다.

더 좀비스의 어머니, 닥터 모로와의 만남도 벌써 3년 전으로 거슬러 올라간다. 그동안, 만사가 이런 식이었다. 우리가 도움을 청하면 닥터 모로는 두말 않고 손을 내밀어준다. 피차 개인적인 부분은 관여하지 않는다.

히로시의 등 뒤에서 어깨 너머로 컴퓨터 화면을 들여다보았다. 컴퓨터는 학교에서 닥터 모로에게 지급한 것인데, 지금은 거의 히로시 전용이다.

때마침 늘 하는 시뮬레이션이 끝났는지 스피커에서 '군대 행진곡'이 흐르기 시작했다. 그런데 용감무쌍한 선율의 '군대 행진곡'이 몇 번 조바꿈을 하더니 쇼팽의 '장송 행진곡'으로 바뀌었다. 비창한 선율이 흐르면서 화면에 커다랗게 'ROSE'라는 글자가 떴다.

"간신히 86번째가 끝났네."

히로시가 돌아보면서 말했다. 아직 어린애 같은 풋풋함이 남아 있는 얼굴에 미소가 감돈다. 내 앞에 있는 이 순진한 오키나와 인은 태평양 전쟁에서 일본과 미국의 결전이 얼마나 어리석고 무모한 짓이었는지를 증명하기 위해 무수한 시간을 할애해 참고 문헌을 뒤졌다. 그리고 빙대한 자료를 뽑아 컴퓨터에 저장, 졸업할 때까지 백 가지 '실패 시뮬레이션'을 완성하고자 애쓰고 있다.

"이번의 패인은?"

내가 물었다.

"절대적인 석유 부족이야. 일본군은 언덕길을 올라가다가 기름이 떨어진 덤프카 같은 꼴이었어."

히로시가 인상을 찡그리고 말했다.

"처음부터 기름이 부족하다는 걸 알고 있었을 텐데 말이야."

나는 히로시의 어깨를 툭 치고 말했다.

"화면 좀 띄워 봐."

히로시가 키보드를 타닥타닥 두드리자 화면이 검게 바뀌었다. 검색창에 '스토커'라는 검색어를 입력하고 엔터키를 누른다.

"이제 됐지?"

히로시의 말에 땡큐, 하고 대답했다.

"세수 좀 하고 올게."

의자에서 일어선 히로시가 다리가 꼬여 비틀거렸다.

"괜찮으냐?"

"요즘 들어 현기증이 자주 나."

"컴퓨터 너무 많이 하는 거 아니냐?"

"그런가 보다."

"밥은 제대로 먹고 다니는 거야?"

"걱정 마세요, 어머니."

히로시가 웃으면서 말했다.

히로시가 앉았던 의자에 앉아 모니터와 마주했다. 검색 결과가 떴다. 검색 자료수 750만 건. 귀신이 곡할 노릇이다. 케이블 너머에 이렇게나 많은 정보가 대기하고 있다니. 지금 컴퓨터 전원을 끄고 750만 건을 무시하면 신날 것 같았지만, 그렇게는 하지 않았다. 범인을 찾아내기 위해서는 아무리 사소한 정보라도 확보해야 한다. 일단 눈에 띄는 타이틀을 선택해 클릭.

히로시가 화장실에서 돌아와 벽 쪽에 놓인 철제 의자를 책상 옆으로 끌고 와 앉았다. 그리고 모니터를 뚫어져라 쳐다보는 내 얼굴을 보고 키득키득 웃었다.

"기분이 삐딱한가 보구나."

나는 고개를 돌려 히로시를 보면서 솔직한 심정을 얘기했다.

"난 이런 거, 도저히 이해가 안 된다."

"이해하면 곤란하지."

"남에게 사람 똥이나 죽은 생쥐를 보내는 인간, 대체 어떤 인간이냐. 하루에 백 번씩 장난전화를 해대고. 이런 변태가 옛날부터 있었나? 아니면 요즘 들어 생겨난 건가?"

"글쎄, 뭐 수확 있있어?"

나는 고개를 가로저었다.

"화만 난다. 이런 유의 인간 손에 죽을 뻔한 내가 한심해 죽겠어. 반드시 잡을 거야."

히로시가 손목시계를 보면서 이제 슬슬 가봐야겠다고 했다. 나는 고개를 끄덕이고 히로시와 자리를 바꿨다. 히로시가 키보드를 타닥타닥 치자 화면에 떠 있던 것들이 스르륵 꺼지면서 화면이 까맣게 변했다. 그때, 닥터 모로가 중얼거렸다.

"오늘날의 인간은 매니저병, 동맥고혈압, 위궤양, 신경쇠약 등에 시달리느라 문화에 관심을 쏟을 여유가 없는 탓에 타락해서 야만스러워지는 거야."

닥터 모로는 〈공격 행위에 관하여〉의 표지를 우리에게 보여주고는 책 속의 문장을 읽어 내려갔다.

"인간은 무기로 몸을 무장하고 옷을 입고 사회를 조직함으로써 인간을 외적으로 위협하는 기아와 추위, 그리고 거대한 포식류에게 잡아먹히는 위험을 근근이 모면해 왔다. 이 같은 위험이 인간을 도태시키는 중요한 요인으로 더 이상 작용하지 않게 된 결과, 종의 내부에서 오히려 바람직하지 못한 태도가 나타나기 시작했다."

닥터 모로는 책을 탁 덮고 우리를 똑바로 쳐다보면서 말했다.

"어쩌면 범인은 아주 정상적인, 요즘 시대에는 그냥 평범한 인간일지도 모르겠군."

그 말에 나와 히로시가 당황하자, 닥터 모로는 미소를 머금고 말했다.

"아무튼, 조심해."

6

학교에서 나와 재즈 찻집 '무드 인디고'에 갔다.

더 좀비스의 소굴 무드 인디고는 학교에서 걸어 10분 거리에 있다.

무드 인디고의 문을 열자 피아노 트리오 연주가 내 귀로 날아들었다. 어두컴컴한 실내에 다른 손님의 모습은 없었다.

나와 히로시는 맨 구석 자리에 앉았다.

환갑에 가까운 주인아저씨가 물잔을 들고 왔다.

"버드 파월."

내가 그렇게 말하자, 아저씨는 반색하며 웃었다.

"3년간 공들인 보람이 있군."

나는 아이스티를 주문하고 히로시는 아이스커피를 주문했

다. 연주가 버드 파웰에서 델로니우스 몽크의 솔로 피아노로 바뀌었다. 내가 엄청 좋아하는 앨범이다.

몽크의 연주가 세 번째 곡에 접어들었을 때, 가게 문이 열렸다. 어두컴컴한 실내에 눈부신 아우라를 발산하면서 사토 아기날드 겐, 속칭 아기가 들어왔다.

아기는 헬로, 하면서 우리와 마주앉았다. 입술 양끝을 씩 올리고 미소 지은 얼굴로 우리를 쳐다본다. 상황이 이렇지 않았다면, 안겨도 좋다고 생각했을지도 모른다.

아저씨가 또 물잔을 가져왔다.

"키스 자렛."

아기가 그렇게 말하자, 언짢다는 듯 아저씨의 표정이 일그러졌다.

"너는 신경이 너무 아래쪽에만 쏠려 있어."

아기가 재미있다는 듯 웃고 아이스커피를 주문했다.

"너, 안 덥냐?"

나는 스웨터 목에 손가락을 집어넣어 퍼런 멍이 보이게 끌어내렸다.

"심했다."

아기는 눈살을 찌푸리면서 말했다.

"그렇게 심각할 줄 몰랐는데."

"람보 씨에게 서바이벌 기술 안 배웠으면, 아마 살아남지 못했을 거야."

나는 청바지 뒷주머니에서 천 엔짜리를 꺼내 아기에게 건넸다. 아이스커피가 테이블에 나왔다. 아기가 시럽을 넣지 않은 채 아이스커피를 한 모금 마실 때, 내가 물었다.

"스토커들, 대체 어떤 인종이냐?"

아기가 잔을 테이블에 내려놓고 입을 열었다.

"유치하고, 정서가 불안정하고, 과대망상증에 이기적이고, 엄청 꼬여 있는 인종."

"사방에 우글거릴 것 같네."

히로시가 말했다.

"맞아. 사방에 우글거려."

아기가 맞장구를 쳤다.

"내 여자 중 몇 명도 스토커에게 시달린 적이 있어."

"그래서, 해결됐어?"

내가 물었다.

아기가 고개를 끄덕였다.

"내가 찾아내서, 회사와 온 세상에 까발리겠다고 겁을 줬더니, 그대로 뚝 끊기더라."

"그렇게 간단히 해결됐어?"

히로시가 물었다.

"스토커들이 대개 세상 이목이나 체면 같은 걸 무지 신경 쓰는 조잔한 인종이거든. 물론 예외는 있겠지만."

"그런데, 어떻게 찾았어?"

내가 물었다.

"장난전화를 거는 놈이나 스토커는 대체로 피해자의 친구 거나 얼굴을 아는 사람이니까, 교우관계를 캐면 찾아낼 확률이 상당히 높아."

나와 히로시는 감탄스러워, "아하, 그렇네." 하고 맞장구를 쳤다.

"그런 인간들은 상대방의 캐릭터에 집착하는 경향이 강하거 든. 그래서 얼굴도 모르는 인간을 스토킹하는 일은 거의 없어. 그런 점이 길 가다 만난 치한이나 뭐 그런 인간들하고 다른 부 분이지."

그렇다면 범인은 요시무라 교코를 아는 사람이거나 친구?

"그게 다냐?"

아기가 물었다.

"아직 5백 엔어치 남았는데."

"오늘은 이 정도로 하자. 앞으로도 부탁할 일이 생길지 모르 니까, 그때 또 연락할게."

아기가 카운터 안에 있는 아저씨에게, "펜 좀 빌려 주세요." 하고 말했다.

아저씨가 볼펜을 가져다주자, 아기가 부드러운 목소리로 말했다.

"손 이리 내 봐."

나는 이유를 묻지 않았다. 그 목소리가 이끄는 대로 순순히
손을 아기에게 내밀었다. 아기는 나긋나긋하게 손을 놀려 내
손을 뒤집더니, 손바닥에 숫자를 써나갔다. 펜 끝의 묘한 압력
이 따끔거리기도 하고 간지럽기도 하고……. 열한 개의 숫자를
다 쓰자 아기는 입술 양끝을 씩 올리고 미소 지으며 말했다.

"이건 종일 켜놓는 내 휴대전화 번호. 무슨 일 있으면, 언제
든지."

몇 번이나 말하지만 이런 상황만 아니라면, 안겨도 좋다고
생각했을 것이다.

히로시가 얼씨구, 하는 식으로 고개를 옆으로 젓자, 그 모습
을 본 아기는 재미있다는 듯 키득키득 웃었다. 그때 문이 열리
고 바깥세상의 빛이 실내로 스며들었다. 그 순간, 무슨 영문인
지 턴테이블의 바늘이 튀면서 몽크의 연주가 찌직, 하는 소리
를 내고는 멈췄다.

야마시타였다.

"여기 있을 줄 알았지!"

야마시타가 문을 닫고 반갑게 말하면서 테이블로 다가오다
가, 어억! 하더니 앞으로 픽 고꾸라졌다. 바닥에 뭐가 튀어나와
있는 것도, 장애물이 있는 것도 아닌데. 그다음 쓰러져 있는 야

마시타의 머리 위로 벽에 걸려 있던 찰스 밍거스 사진 액자가 툭 떨어졌다. 액자 모서리가 마치 조준이라도 한 것처럼 야마시타의 머리를 강타, 야마시타가 "아얏!" 하고 짧은 비명을 질렀다.

아저씨가 카운터 안에서 나와, "괜찮으냐?" 하고 묻고는, 끔찍하게 일그러진 꼴로 베이스를 연주하는 밍거스의 사진 액자를 들었다.

"가게 문 열고 30년 동안, 한 번도 떨어진 적이 없는데⋯⋯."

아저씨는 참 이상한 일도 다 있다는 듯이 고개를 갸웃거렸다.

아기가 심각한 표정으로 나와 히로시를 보며 말했다.

"조심하는 게 좋겠다. 범인은 상당히 독이 오른 놈일 거야."

나와 히로시는 동시에 고개를 끄덕였다. 야마시타는 울상을 짓고 머리를 문지르면서 일어났다.

"그 이상 다가오지 마!"

나는 야마시타에게 소리를 질렀다.

야마시타가 파르르 몸을 떨었다. 나는 다시 말했다.

"아직 죽고 싶지 않겠지?"

야마시타는 상황을 파악하려고 애쓰는 건지, 놀라운 속도로 눈을 깜박거렸다.

"그렇게 위험한 일이야?"

야마시타가 물었다.

나와 히로시와 아기 모두 고개를 끄덕였다.

"알았어. 그냥 갈게."

야마시타가 오른쪽으로 돌아 문으로 향했다. 나는 그 등에 대고 말했다.

"일이 정리되면 놀자."

야마시타가 문 앞에서 돌아보며 고개를 끄덕였다. 문이 닫혔다. 그리고 문 밖에서, "으악!" 하는 비명소리. 나는 벌떡 일어나 뛰어가서 문을 열었다. 야마시타가 정수리를 만지고 있었다.

"무슨 일이야?"

"새똥이 떨어졌어. 아 씨. 오늘 벌써 몇 번째야……."

야마시타는 정말 어이없다는 표정으로 나를 보더니, 다시 말했다.

"그 위험하다는 일, 조심하는 게 좋겠다."

나는 순순히 고개를 끄덕였다.

무드 인디고에서 아기와 헤어진 후, 히로시와 함께 요시무라 교코가 다니는 대학에 갔다. 대학에 도착해 카페테리아에 들어서자, 어제와 같은 자리에 요시무라 교코와 순신이 마주앉아 있었다. 순신은 드나드는 사람들을 살필 수 있도록 입구가 보이는 쪽에 앉아 있었다. 순신이 나와 히로시를 보고 슬쩍 손을 들었다. 요시무라 교코도 돌아보고 미소 지으며 나와 히로시에게 손을 흔들었다. 기분이 좋아 보였다.

테이블로 다가가 히로시를 요시무라 교코에게 간단히 소개하고 자리에 앉았다. 순신이 화장실에 가려고 일어섰다. 순신이 카페테리아에서 나가자마자 요시무라 교코가 나와 히로시에게 물었다.

"순신은 어떤 사람이야?"

"그냥 고등학생이죠."

내가 대답했다.

"그냥 고등학생이 〈노자〉 같은 책을 들고 다녀?"

요시무라 교코가 테이블에 놓인 책을 가리켰다. 나와 히로시는 그녀의 손끝을 따라 책을 들여다보고 동시에, "하긴 그러네." 하고 중얼거렸다. 요시무라 교코가 다시 말했다.

"그리고, 만약 '차별'이라는 개념에서 완전히 해방될 수 있다면, 그 순간에 죽어도 후회 없다고 아주 진지하게 말하던데. 믿을 수 있겠어?"

나와 히로시는 고개를 끄덕였다. 요시무라 교코는 얼굴을 약간 붉히고 말했다.

"지금까지 내 주변에 그런 남자는 없었어."

가라테부라는 남자 친구를 비롯해서 요시무라 교코의 취향은 아무래도 '근육세'인 듯했다. 나는 슬며시 팔을 굽혀 알통을 만들어 보였다. 요시무라 쿄코는 아예 나를 보고 있지 않았다. 시선이 느껴져 옆을 돌아보니 히로시가, '짜식 포기해'라는 식으로 고개를 내젓고 있었다. 이렇게 해서 나의 짧고 풋풋한 한여름의 사랑은 끝났다.

순신이 돌아왔다. 의자를 테이블에서 멀찌감치 놓고 앉는다. 아마도 비상시에 움직이기 쉽게 하려는 뜻일 것이다. 과연 이런 고등학생은 쉬이 없다.

순신의 일거수일투족을 꿈꾸는 듯한 표정으로 바라보는 요시무라 쿄코에게 일침을 가하려고 내가 말했다.

"전화 건 친구 리스트, 가져왔어요?"

그 순간, 요시무라 쿄코의 미간에 구름이 꼈다. 넌더리가 난다는 표정으로 투피스 주머니에서 접은 종이를 꺼내 내게 내밀었다. 종이를 펴 보니, 이름이 다섯 개 적혀 있었다. 그 중에 남자 이름은 딱 하나. 나는 요시무라 쿄코에게 물었다.

"이 '다구치'라는 남자를 만나게, 약속 좀 잡아 주세요."

"누가 누구를 만나는데?"

"요시무라 씨가 다구치 씨를요."

"왜?"

"두 사람이 만나는 장면을 멀리서 보고 확인하고 싶은 게 있어서요."

"범인에게 남겼다는 그 표시?"

나는 고개를 끄덕였다. 그러나 요시무라 교코는 고개를 끄덕이지 않았다.

"무슨 곤란한 사정이라도 있어요?"

내가 물었다.

요시무라 교코는 짧게 한숨을 쉬고 말했다.

"그 사람이 내 남자 친구야."

"그 사람은 취직자리가 정해졌나요?"

요시무라 교코는 고개를 끄덕이면서 유명한 항공 회사 이름을 말했다. 이렇게 해서 취직에 얽힌 질투의 가능성은 사라졌다. 다구치가 어지간한 변태가 아닌 이상 자기 여자 친구를 스토킹하는 일은 없을 것이다. 확인 삼아 다구치가 변태인지 아닌지 요시무라 교코에게 물어볼까 하다가 바보 같은 짓이라 그만두었다. 나는 종이를 그녀에게 돌려주고 말했다.

"대답하기 곤란할지도 모르겠지만, 혹시 요시무라 씨에게 원한을 품을 만한 남자 있어요? 물론 여러 명이라도 상관없는데……"

"갑자기 그런 걸 물으면……"

"예를 들어, 싫다는데 집요하게 따라다닌다거나, 헤어질 때 심한 말을 해서 마음에 상처를 줬다거나, 갈라서는 마당에 거액의 위자료를 바가지 씌운 전남편이 있다거나……"

테이블 밑에서 히로시가 내 다리를 긴어찼다. 요시무라 교코는 내 농담에 별 반응 없이 생각에 골몰했다. 우리는 그녀의 침묵과 잠시 마주했다.

드디어 요시무라 교코가 입을 열었다.

"두 사람 정도 떠오르는데."

"어디 얘기해 봐요."

"한 사람은 대학교 2학년 때, 초등학교 2학년짜리 여자애를 가르쳤는데, 그 아이 아버지. 사귀자고, 얼마나 집요하게 굴던지…… 그런데 과외비가 꽤 좋아서 참고 참으면서 계속 했는데, 어느 날 그 사람이 빨간 원피스를 보냈어……"

"선물로요?"

"그렇긴 한데, 카드에 '다음 과외 하러 올 때 이걸 입고 오라.'고 쓰여 있었어."

나와 히로시와 순신은 잠자코 서로의 얼굴을 쳐다보았다. 순신이 불쾌하다는 듯 인상을 팍 찡그렸다. 요시무라 교코가 다시 말을 이었다.

"그런 일이 있고는 겁이 나서 그 과외 그만뒀어. 그러고 나니까, 이번에는 전화가 계속 걸려왔어…… 많을 때는 하루에 열 번도 걸려오고."

"그래서, 어떻게 했는데요?"

"부인과 딸에게 다 말해버리겠다고 했더니, 더 이상 걸려오지 않았어."

"그 인간이 1순위겠는데요."

"그렇지만, 그게 벌써 2년 전 일이라서."

"그 사람, 평범한 회사원이었어요?"

요시무라 교코가 고개를 끄덕였다.

"그 사람 집 주소와 전화번호, 나중에 가르쳐주세요. 그리고 다른 한 사람은?"

"우리 학교 학생인데, 같은 학년이야. 내가 테니스 동아리에서 잠시 활동한 적이 있는데, 고백을 하기에 거절했더니, 온 동아리에 이상한 소문이 퍼졌어……."

"어떤 소문인데요?"

"동아리 남자들 거의하고 잤다는."

"알기 쉽네요. 그런 소문을 믿는 사람이 어디 있다고."

"동아리 여학생들 눈총이 얼마나 따가웠다고. 그래서 결국 그 동아리 그만뒀어."

요시무라 교코가 쓸쓸하게 말했다.

"미인은 수난이 많군요."

내가 그렇게 말하자 요시무라 교코가, "그래." 하며 고개를 끄덕였다. 히로시와 순신이 히죽 웃었다. 나는 이어서 물었다.

"그만둔 다음에 그 남학생이 못되게 굴지 않았나요?"

"그런 일은 없었지만, 캠퍼스에서 우연히 마주치면 징글맞게 쳐다보고 야릇하게 웃곤 했어."

"그 남학생 이름과 주소, 전화번호도 가르쳐주세요. 바로 움직여야 하니까, 오늘밤에 알 수 있으면 좋겠습니다."

요시무라 교코가 고개를 끄덕이며 말했다.

"범인이 그 두 사람 중 한 명일까?"

"그건, 아직 잘 모르죠."

나는 솔직하게 대답했다.

"그렇게 간단한 일이라면 좋겠지만."

요시무라 교코의 얼굴에 불현듯 불안한 기색이 어렸다. 그녀의 불안을 지우려고 내가 말했다.

"걱정 마세요. 둘 중에 없어도 내가 반드시 찾아낼 거니까."

그러나 불안한 기색은 지워지지 않았다. 침묵을 지키고 있던 순신이 툭 말을 뱉었다.

"우리가 반드시 찾아낼 겁니다."

그 순간 요시무라 교코의 얼굴에서 불안이 싹 가셨다. 그것을 본 히로시가 피식피식 웃어서, 다리를 힘껏 걷어차려고 했는데 보기 좋게 헛발질을 해서 테이블 다리에 정강이를 부딪치고 말았다. 엄청 아팠다.

제길, 모든 게 야마시타 탓이다.

순신이 집까지 바래다주기로 해서 기분이 좋아진 요시무라 교코와 헤어졌다. 나와 히로시는 학교 근처 정식집에서 조금

이른 저녁을 먹었다.

히로시는 입맛이 없다고 주문한 카레라이스를 절반 이상이나 남겼다. 안색이 별로 좋지 않아 곧장 집에 돌아가기로 했다.

방향이 같아서 같이 전철을 탔다. 전철에서 히로시는 차창 밖으로 흐르는 풍경을 멍하니 바라보았다.

"괜찮냐?"

내가 물었다.

"응, 괜찮아."

히로시는 희미하게 웃으면서 말했다.

"그냥, 옛날 일이 좀 생각나서."

"어떤 일인데?"

"여섯 살 때 오키나와에서 페리를 타고 도쿄로 올라왔는데, 오는 동안 불안해서 견딜 수가 없었어. 나 흑인 혼혈인 데다 아버지도 없다고 오키나와에서 심하게 왕따당했거든. 그래서 도쿄에서도 그러면 어쩌나 하고. 하기야 고등학교에 들어갈 때까지 엄청 당했지만."

히로시의 미소가 깊어졌다. 나는 가만히 다음 말을 기다렸다.

"페리가 도쿄에 도착하는 게 겁나서, 그냥 쭉 바다 위에 떠다니면 좋겠다고 생각했는데, 그런 때 유독 파도가 잔잔해서 배가 빨리 나가더라니까."

나와 히로시는 씩 웃었다.

"그래서 이른 아침에 도착할 예정이었던 배가 날이 밝기도 전에 도착한 거야. 나는 앞으로 두 시간이면 도착한다는 방송을 듣고 선실에서 갑판으로 나왔어. 얼마나 우울하던지."

"혹시 밤바다를 보고 뛰어들려고 했던 거 아니냐?"

내가 농담으로 말했다.

히로시는 고개를 옆으로 흔들었다.

"배가 어느 쪽으로 가는지는 알 수 없었지만, 저 멀리 육지가 있다는 건 알 수 있었어. 드문드문 불 켜진 집이 있어서, 그걸 보고 육지가 멀지 않았다는 걸 알았는데……. 마치 검은 벨벳에 하얀 진주가 깔린 것처럼 말이야. 너무 시적인가?"

나는 웃으면서 고개를 저었다.

"그런 풍경을 보고 있으려니까, 그 모든 불이 나를 위해 켜져 있는 것 같다는 생각이 들었어. 내가 헤매지 않고 도착할 장소에 잘 도착할 수 있도록 인도해주듯이 말이야."

히로시가 시선을 차창 밖으로 돌렸다. 나도 그 시선을 따랐다. 불 켜진 집은 하나도 보이지 않았다. 몇몇 빌딩의 벽이 차창에 비쳤다가 사라졌다.

"가끔, 오키나와로 돌아가고 싶어져."

히로시가 말했다.

"페리 타고 말이야."

짧은 침묵 후 우리는 거의 동시에 얼굴을 마주보고 키드득 웃었다.

"여름방학 끝나면 또 습격 준비해야지."

히로시가 말했다.

"그 전에, 이 사건부터 처리해야지."

내가 말했다.

히로시는 "그럼." 하고는 고개를 끄덕였다.

집으로 돌아와 9시 15분까지 기다렸다가 요시무라 교코에게 전화를 걸었다.

"이상한 전화 왔어요?"

"아니."

요시무라 교코가 긴장한 목소리로 대답했다.

"포기한 걸까?"

"그럴 가능성도 있지만, 방심하지 마세요."

"알아."

"순신은?"

"조금 전에 돌아갔어."

요시무라 교코의 목소리가 갑자기 밝아졌다.

"종일 보디가드가 옆에 있어준다는 거, 무척 기분 좋은 일이네."

"그래요?"

"응."

나는 부탁한 두 사람의 정보를 듣고 메모했다.

"아 참, 이와시타 말인데."

요시무라 교코가 동아리에 얽힌 남자 얘기를 했다.

"오늘부터 동아리 합숙 때문에 가와구치 호수에 가나 봐."

"어떻게 알았죠?"

"주소를 몰라서 친구에게 물어봤더니, 그러더라."

"내일까지 합숙에 관한 정보도 자세히 조사해 주세요."

"알았어."

그리고 요시무라 교코는 5분 정도 순신 얘기만 하고는 전화를 끊었다. 나를 죽이겠다고 선언한 가라테부 남자 친구 얘기는 한마디도 없었다.

괜한 장외난투극이 벌어지지 않으면 좋겠는데.

7

.

월요일.

누가 목을 조르는 꿈을 꾸다, 벌떡 일어났다.

새벽 여섯 시 5분 전. 여섯 시에 일어나려고 했는데, 마침 다행이었다.

꿈속에서 목덜미를 스치던 범인의 숨소리가 땀과 함께 온몸에 들러붙어 있는 듯해서 얼른 침대에서 나와 샤워를 했다. 욕실 거울 앞에서 '목줄'의 색을 확인했다. 아직도 충분히 퍼렇다.

샤워를 한 다음 부엌에 선 채 빵과 우유를 허겁지겁 먹고 있는데 며칠 만에 얼굴을 보는 엄마가 물었다.

"진로는 진지하게 생각하고 있는 거니?"

그녀는 '목줄'을 눈치 채지 못했다. 나는 애매하게 대답하고 방으로 돌아왔다.

어제 입었다가 밤에 빨아서 건조기에 돌린 터틀넥 스웨터를 다시 입었다. 청바지를 입고, 벽장에서 양키스 모자를 꺼내 썼다. 마지막으로 '도쿄도 각구 지도'가 든 배낭을 둘러맸다. 벽장 거울에 비친 내 모습이 답답하고 괴상했다.

일곱 시 조금 전에 집에서 나와 우선은 요시무라 교코가 과외를 했다는 집으로 향했다. 스기나미 구에 있는 그 집은 세타가야 구에 있는 우리 집에서 전철로 30분 거리였다.

전철역에서 나와 요시무라 교코가 가르쳐준 주소와 '도쿄도 각구 지도'를 번갈아 보면서 걸었다.

일곱 시 15분에 도착해 문패를 확인했다.

'나카무라'. 틀림없었다. 나카무라가 출근하려고 집을 나설 때까지 집 앞 길을 태연한 표정으로 오락가락했다. 단독 분양주택 같은 평범한 2층짜리 집이었다. 손바닥만 한 마당이 있다. 이런 집은 대출금을 몇 년이나 갚아야 할까?

일곱 번 정도 오락가락했을 때, 나카무라인 듯한 남자가 집에서 나왔다. 요시무라 교코에게 들은 대로, 한가운데를 반듯하게 가른 희끗희끗한 머리며 등을 쫙 펴고 걷는 것하며 전형적인 중산층 남자였다. 언뜻 봐서는 눈에 안대를 하고 있지도 않고 다친 데가 있는 것 같지도 않았다. 그러나 확실하게 하려고 나카무라 뒤를 살금살금 쫓았다.

나카무라가 역에 도착했다. 그동안 한 번도 뒤돌지 않았다. 할 수 없이 나도 전철표를 사서 같이 전철을 탔다.

출근 시간이라 북적거리는 플랫폼에서 나카무라의 등을 주시하며 전철을 기다렸다. 전철이 플랫폼으로 들어와 멈췄다. 문이 열리자 다른 사람들과 함께 떠밀려 전철 안으로 들어가고 말았다. 그리고 문득 돌아보니, 나와 나카무라는 사람이 꽉꽉 들어찬 차내에서 서로를 마주보는 꼴로 서 있었다. 나카무라의 얼굴이 바로 눈앞에 있고, 그의 미적지근한 입김이 가끔 얼굴에 닿았다. 나카무라의 눈을 확인했다. 생채기 하나 없다. 눈곱이 붙어 있을 뿐이다. 게다가 나카무라는 사람을 죽이고 싶어 안달하는 사이코적인 냄새도 풍기지 않았다. 요시무라 교코에게 대기업 과장이라고 들었는데, 터무니없는 범죄를 저지를 수 있는 인간 같지 않았다. 기껏해야 '성희롱 과장' 쯤이나 될까 싶은 소악당으로밖에 보이지 않았다.

나카무라가 나를 수상쩍다는 듯 쳐다보았다. 나는 고개를 약간 숙여 그의 목덜미에 시선을 고정했다.

5분 정도 버티다 다음 역에서 내렸다. 나카무라를 태운 전철이 플랫폼에서 빠져나가는 것을 보면서 하지 않아도 될 실수를 한 듯한 감각을 느꼈다. 나카무라가 나를 습격한 범인이 아닌 것은 분명한데, 그래도 여전히 꺼림칙함이 남아 있었다. 자동판매기에서 캔 커피를 사들고 마시면서 그 위화감의 정체를 더

듬어보았지만, 헛수고였다. 그냥 내 머리 한 귀퉁이에 남겨두기로 했다.

캔을 쓰레기통에 버리고 공중전화 부스로 갔다. 요시무라 교코의 집에 전화를 걸어 정오에 카페테리아에서 만나기로 약속했다.

일단 집으로 돌아와 배낭을 내려놓고 대학으로 갔다.

조금 일찍 도착했다. 점심은 카페테리아에서 파는 샌드위치로 대충 때웠다.

샌드위치를 다 먹고 커피를 마시고 있는데, 요시무라 교코와 순신이 나타났다. 둘에게 오늘 아침 일을 얘기하자 요시무라 교코는 실망한 표정을 지었다.

이와시타의 합숙 장소를 물어 아기에게 전화를 걸려는데, 카페테리아에 공중전화가 없어서 교정까지 나갔다.

"헬로."

전화를 받은 아기에게 말했다.

"드라이브 좀 시켜주라. 가와구치 호수."

"언제가 좋은데?"

"빠를수록 좋아."

"한 시간 후면 움직일 수 있어."

오후 2시에 대학 정문 앞에서 만나기로 하고 전화를 끊었다.

이어서 히로시에게도 전화를 걸었다. 전화를 받은 히로시의 엄마가, 히로시는 지금 병원에 가고 없다고 했다.

"현기증이 심하다네."

엄마는 걱정스러운 목소리로 말했다. 밤에 다시 걸겠다고 말하고 전화를 끊었다.

카페테리아로 돌아와 가와구치 호수에 갈 거라고 전했다. 요시무라 교코는 정말 오랜만에 드라이브를 하게 되었다고 흥분했다. 오후 2시에 대학 정문 앞에 랜드로버가 섰다. 아기가 차에서 내려 요시무라 교코에게 뒷문을 열어주자, 그녀는 생일과 크리스마스 선물을 한꺼번에 받은 아이처럼 좋아했다. 출발하자마자 요시무라 교코는 가와구치 호수에 가지 말고 맛있는 생선을 먹을 수 있는 이즈로 가지 않겠느냐고 말했다. 아무리 봐도 너무 흥분한 듯하다.

다카이도에서 중앙 고속도로를 탔다. 차가 별로 없어 쾌적하게 드라이브를 즐길 수 있었다. 요시무라 교코는 출발 시점부터 에너지를 너무 소모했는지, 사가미 호에 접어들 무렵에는 입을 벌리고 잠이 들었다.

가와구치 호수 인터체인지로 들어서기 전에 요시무라 교코를 깨웠다. 오후 4시 반이 넘어서 고속도로에서 빠져나와 가와구치 호반에 도착했다. 이와시타와 동아리 사람들이 묵고 있을 호텔을 찾아 근처에 차를 주차한 후, 요시무라 교코의 휴대전화로 호텔에 전화를 걸었다. 그녀는 호텔 사람과 짧게 대화하고는 전화를 끊었다.

"테니스 연습하러 나가서 지금 호텔에 없대, 하지만 금방 돌아올 거라는데."

호텔 주차장으로 이동해 이와시타가 돌아오기를 기다렸다. 10분쯤 지나 차 몇 대가 잇달아 주차장으로 들어왔다. 차 안에서 테니스복 차림의 사람들이 줄줄이 내려 트렁크에서 라켓과 가방과 공을 꺼내기 시작했다.

"누가 이와시타죠?"

내가 요시무라 교코에게 물었다.

그녀는 눈을 찡그리고 차창 너머로 열심히 이와시타를 찾더니, 이내 "저 사람이야!" 하고 소리를 질렀다.

"남색 아우디 옆에 서 있는, 저 선글라스 낀 사람."

아우디 주위로 시선이 집중되었다. 선글라스 낀 사람이 둘 있었다. 나는 요시무라 교코에게 물었다.

"혹시 폴로셔츠 깃 세우고, 아가일 조끼 입은 저 남자인가요? 옆구리에 구치인지 루이비통인지 모르겠지만, 세컨드 백 끼고 있는. 거품 경제 시절에 온 거리에 우글거렸던 명품족 같네요."

요시무라 교코가 고개를 까닥거리고는 "틀림없어." 하고 냉담하게 말했다. 드디어 이와시타를 찾았다. 그런데 하필 선글라스를 끼고 있다니…….

잠시 이와시타를 관찰했다. 그러나 선글라스를 벗을 기미는 보이지 않았다. 호텔에 들어가면 분명 선글라스를 벗을 테지만, 거기까지 따라갈 수는 없다.

"이제 어떻게 하지?"

아기가 흥미롭다는 듯 물었다.

"어디 솜씨 좀 구경해 볼까?"

"그래. 잘 보고 있어."

나는 혼자 중얼거렸다.

차에서 내려 주차장으로 걸어갔다. 차 안에서 숨죽이고 사태 추이를 살피고 있을 동지들의 시선이 등에 따갑게 느껴졌다. 아우디 옆에서 친구들과 얘기하고 있는 이와시타의 모습이 5미터 앞으로 다가왔다. 이렇게 되면 일단 부딪치고 보는 수밖에 없다.

나는 똑바로 이와시타를 향해 걸음을 재촉했다. 그리고 일부러 이와시타의 어깨를 툭 치고는, 보란 듯 휘청거리는 흉내를 냈다. 갑작스런 이방인의 난입에 이와시타와 친구들이 눈을 휘둥그레 뜨고 나를 보았다. 나는 이와시타를 노려보면서 한껏 고함을 질렀다.

"눈깔은 어디 두고 있는 거야, 어?"

길거리 깡패 같은 수작이었지만 어쩔 수 없다. 나는 다시 소리를 질렀다.

"지금 나한테 시비 걸자는 거야 뭐야!"

나는 상황을 파악하지 못하고 당황해하는 이와시타에게 바짝 다가가 말을 뱉었다.

"선글라스 벗어!"

나는 이와시타의 얼굴로 재빨리 손을 뻗어 선글라스 테를 잡고 앞으로 잡아당겼다. 이와시타의 얼빠진 눈이 드러났다. 부릅뜬 검은 눈 두 개가 겁에 질려 나를 보고 있다. 상처는커녕 핏발 하나 서 있지 않았다.

동아리 사람들이 나와 이와시타를 에워싸기 시작했다. 몰매를 맞는 사태야 없겠지만, 1초라도 빨리 내빼기로 했다.

이와시타의 얼굴에 다시 선글라스를 끼워주고, 나는 말했다.

"오늘은 이쯤에서 봐주지."

빙글 몸을 돌리고, 동아리 놈들을 노려보면서 주차장 출구를 향해 걸었다. 무수한 시선이 느껴졌다. 호텔 정원이 조용해 멀리서 어렴풋이 들리는 새소리가 유난히 크게 울렸다. 시선에 떠밀리듯 주차장에서 나와 부지런히 걸어서 아기의 차로 돌아가 문을 열었다. 모두 좌석에 누워 배를 잡고 폭소를 터뜨리고 있었다.

이대로는 안 된다. 개그 노선에서 하드보일드 노선으로 바꿔 타야 한다.

웃음소리가 끊이지 않는 흥겨운 귀로였다. 나를 제외한 모두에게는.

차 안에서 운전하는 아기가 선글라스를 끼면, 선글라스 벗어! 하고 고함을 지르는 놀이가 잠시 유행했다. 늘 냉철한 순신까지 웃지 않을 수 없다는 듯 킬킬거렸다. 12번째 웃음소리가 잦아들기를 기다렸다가 내가 말했다.

"그건 그렇고, 이제 남은 용의자가 없어."

"어떻게 할 생각이야, 가짜 마이크 하머 씨."

아기가 말했다.

"나는 두뇌파야. 그러니까 포와로라고 불러야지."

아기에게 그렇게 대꾸하고, 요시무라 교코에게 물었다.

"그 외에는 미심쩍은 사람 없어요?"

요시무라 교코는 잠시 생각하더니 고개를 옆으로 저었다. 차 안에 무거운 침묵이 떠돌기 시작했을 때, 그녀의 휴대전화가 울렸다. 요시무라 교코는 휴대전화 화면을 보면서 얼굴을 찡그리고는 전화를 받지 않았다. 대신 내 얼굴을 보고 어색하게 미소 지었다. 가라테부라는 남자 친구가 건 전화인 듯했다. 전화벨 소리가 그쳤다.

"진동으로 해놓을게."

요시무라 교코가 휴대전화 버튼을 이리저리 눌러댔다.

휴대전화. 순간적으로 무언가가 머리를 스쳤다.

"장난전화가 휴대전화로 오는 일도 있나요?"

"잘못 걸려오는 전화는 종종 있는데."

"그게 아니라, 집 전화로 오는 것처럼 이상한 전화요."

"왜?"

아기가 물었다.

"뭐가 번뜩 스쳤나? 가짜 포와로."

"범인이 요시무라 씨 휴대전화 번호를 모르는 건지, 아니면 휴대전화로는 전화를 걸지 않는다는 방침이 있는 건지, 어느 쪽일까?"

아무도 반응이 없었다. 나는 요시무라 교코에게 물었다.

"난 휴대전화가 없어서 잘 모르는데, 만약 처음 알게 된 사람이 전화번호를 가르쳐달라고 하면, 요시무라 씨는 어느 쪽 전화번호를 가르쳐주죠?"

"경우에 따라 다르지만, 대개는 휴대전화 번호를 가르쳐주는데. 집 전화는 받지 못할 때도 많으니까. 게다가 집 전화번호는 함부로 가르쳐주고 싶지도 않고."

"요즘 들어, 집 전화번호 가르쳐준 사람 있어요?"

"글쎄, 갑자기 물으니까……."

차 안에 짧은 침묵이 흘렀다. 요시무라 교코가 살랑살랑 고개를 내저었다.

"요즘 들어서 아는 사람에게 집 전화번호 가르쳐준 적은 없어."

"왜 요즘이라고 한정하는 거지?"

아기가 물었다.

"무언전화는 약 2주 전부터 시작되었어. 예전부터 아는 사람이 범인이라면 그 전후에 어떤 동기가 있어야 하는데, 요시무라 씨는 짚이는 게 없대."

"상대는 머리가 정상인 사람이 아니라고. 동기 따위야 멋대로 만들면 되잖아."

"그게 아니라, 나는 범인이 반드시 밤 9시에 전화를 거는 게 이상하다는 말이지."

"그게 뭐가 이상한데?"

"시간이 어중간하잖아. 요즘 대학생들은 밤 9시에 자기 방에 있을 확률이 거의 없는데, 범인은 요시무라 씨가 있든 없든 매일 전화를 걸고 있어. 범인이 요시무라 씨에 대해 조금이라도 아는 사람이라면 더 늦게 걸어야 하지 않을까? 그러니까 범인은 요시무라 씨의 생활 패턴을 잘 모르는 사람일 거야."

"호, 그러네. 설득력이 있어, 가짜 포와로."

"고맙군, 에로 헤이스팅스 군."

아기에게 그렇게 응수하고 나는 다시 말했다.

"범인은 요시무라 씨가 요즘 들어 안 사람이고, 집 전화번호를 아는 사람이야. 틀림없어."

"그런데 요시무라 씨는 짚이는 사람이 없다고 하잖아. 유감스럽지만, 거기서 막히는군."

톨게이트 앞에서 아기가 천천히 차의 속도를 줄였다. 톨게이트를 통과한 다음에 요시무라 교코에게 물었다.

"아직도 짚이는 사람 없어요?"

요시무라 교코는 미간을 찡그린 채 열심히 기억을 되짚는 듯했다. 하지만 결국은 고개를 저었다.

"요즘 내내 취직 준비에 바빠서 누굴 새로 사귈 기회가 없었어. 그리고 만약 그런 사람이 있다 쳐도, 집 전화번호는 웬만해서는 가르쳐주지 않았을 거야. 아니, 절대."

"아주 중요한 점을 간과하고 있는 것 같은데."

순신이 오랜만에 입을 열었다.

"뭔데?"

"범인은 요시무라 씨의 집도 알고 있어."

순신이 대답했다.

"집을 모르면 문 손잡이에 그 짓도 할 수 없었을 테고, 너도 습격하지 못했겠지."

아기가 덧붙였다.

"오케이. 정리하자."

내가 말했다.

"범인은 요시무라 씨 집과 집 전화번호를 알고 있다."

"그리고 요시무라 씨의 캐릭터를 조금 알고 있다. 그렇지 않으면 얘기가 성립되지 않지."

아기가 말했다.

나는 한숨을 쉬고서 말했다.

"그렇다면 범인은 역시 예전부터 아는 사람이라는 얘기인데. 젠장. 애써 범인의 범위가 좁혀졌다 여겼더니."

"요시무라 씨 집을 알고 집 전화번호도 아는 사람들 중에서 의심 가는 작자를 이 잡듯 뒤지는 게 가장 빠르지 않겠어?"

아기가 말했다.

그렇게 하는 수밖에 없다. 문제는 내게 주어진 시간이 앞으로 닷새밖에 없다는 점이다. 과연 시간 안에 해결할 수 있을까.

나는 요시무라 교코에게 말했다.

"다시 한 번 의심 가는 사람의 명단을 정리해 줄 수 있을까요?"

"하지만……."

"지금 당장이 아니라도 좋아요. 집에 돌아가서 천천히 생각해 보세요."

요시무라 교코는 힘없이 고개를 끄덕였다.

고속도로에서 나와 국도변에 있는 패밀리 레스토랑에 들어갔다. 다 같이 저녁을 먹은 후 요시무라 교코를 집에 데려다주었다. 만약 이상한 전화가 걸려오면 우리 집으로 전화해 달라고 부탁하고 그녀와 헤어졌다.

가는 길이니까, 하면서 아기는 나와 순신도 집까지 데려다 주었다. 우선 순신의 집에 들러 순신을 내려주고, 그다음 우리 집으로 향했다. 집 앞에 도착해 아기에게 오늘 하루치 요금을 물었다.

"원래는 기본요금 만 엔에 기름 값, 톨게이트 비까지 받아야 하는데, 천 엔만 내."

아기는 그렇게 말하고 선글라스를 꼈다.

"흥미진진한 구경거리도 있었으니까."

나는 고맙다고 말하고, 천 엔을 건넸다. 내가 차에서 내리려는데 아기가 웃으면서 선글라스를 가리켰다.

"뭐, 잊은 거 없냐?"

"평생 쓰고 있어라."

아기는 쳇, 하고 혀를 차고는 굿나이트라고 말했다. 나는 조심하라고 말하면서 차에서 내렸다.

집에 들어오자마자 히로시에게 전화를 걸었다.

"검사 결과는 다음 주에 나오는데, 의사가 단순한 빈혈일 거래."

히로시가 말했다.

"빈혈에는 간이 좋다던데."

내가 그렇게 말하자, 히로시는 간지럽다는 듯이 웃었다.

"알고 있네요, 어머니."

그리고 오늘 하루 일을 히로시에게 보고했다. 얘기는 선글라스 사건에 집중되었다.

"이건 그냥 내 직감인데."

히로시가 말했다.

"우리, 조금씩 범인에게 접근하고 있는 것 같아."

"더 얘기해 봐."

내가 말했다.

"네가 말하면, 그런가 싶은 기분이 들거든."

히로시가 또 간지럽다는 듯 웃었다. 내일 만나기로 약속하고 전화를 끊었다.

요시무라 교코에게서는 전화가 오지 않았다. 샤워를 하고 나오자 피곤이 몰려와 바로 침대에 들어갔다. 금방 잠이 들었는데, 또 목이 졸리는 꿈을 꾸고 벌떡 일어났다. 부엌에 가서 물을 마시고 침대로 돌아왔다. 이번에는 잠이 좀처럼 오지 않아 몇 번이나 몸을 뒤척이려니, 갑자기 히로시의 말이 귓가에 되살아났다.

우리, 조금씩 범인에게 접근하고 있는 것 같아.

그렇기를 바랐다. 범인을 잡지 못하면 편안한 잠을 되찾을 수 없다.

결국 날이 밝아서야 잠이 들었다.

8

화요일.

오전 10시 기상. '목줄'은 아직도 퍼렇다.

아침을 먹으러 부엌에 가보니 냉장고 안이 거의 텅 비어 있었다. 식탁 한 모퉁이에 만 엔짜리 한 장과, '바빠서 시장을 못 봤어.'라고 쓴 메모지가 놓여 있었다. 만 엔을 집어 들고 방으로 돌아왔다.

준비를 하고 집을 나섰다. 11시 반에 대학에 도착, 카페테리아에서 샌드위치와 오렌지 주스를 사먹었다. 커피를 마시면서 멍하니 입구를 바라보았다. 여름방학인데도 점심시간이라 그런지 드나드는 사람이 많았다. 그 중에는 노부부 같은 커플, 도로 공사장 작업복 차림의 집단도 있었다. 시계바늘이 열두 시를 넘자 입구에 요시무라 교코와 순신이 나타났다. 카페테리아 안에 있는 남자들의 시선이 일제히 요시무라 교코에게 집중되었다. 어쩌면, 하고 나는 생각했다.

어쩌면 범인은, 요시무라 교코를 예전부터 아는 사람도 아니고 이 대학 학생도 아닐지 모른다. 이렇게 대학 캠퍼스에서 우연히 요시무라 교코를 보고 찍은 게 아닐까. 뒤를 미행해 집을 알아내고, 가령 쓰레기통을 뒤져서 집 전화번호 등의 정보를 알아내 스토킹을 시작했다면…….

아니지, 그런 사람들은 상대방의 캐릭터에 집착한다. 이 역시 가능성에 지나지 않는다. 사람을 죽이려 든 놈인데, 언뜻 본 이미지로 캐릭터를 날조해 집착하는 정도는 식은 죽 먹기다. 그런데 거기까지 범인의 범위가 확대되면 속수무책이다. 범인 쪽에서 제 발로 요시무라 교코에게 접촉하지 않는 한 잡을 수 있는 가능성은 거의 없다.

내가 긴 한숨을 쉬고 있는데, 요시무라 교코와 순신이 의자에 앉았다. 순신은 내가 앉은 쪽에, 요시무라 교코는 테이블 너머 자리에 앉았다.

"표정이 신통치 않네."

요시무라 교코가 말했다.

"무슨 일 있었어?"

내가 시작한 일, 우는소리는 할 수 없다.

"혹시 누가 있던가요?"

내가 물었다.

요시무라 교코는 거침없이 고개를 저었다.

"어제 밤새 생각하다가, 인간을 불신하게 될 것 같아서 그만
뒀어. 게다가 자기를 원망할 만한 사람을 어떻게 알겠어. 원망
이란 아주 개인적인 감정이잖아. 타인이 나를 무슨 이유 때문
에 원망하는지는 상상할 수 없고."

옳은 말이다. 대부분의 사람은 자신의 원한이나 원망에는
집착하지만 타인의 원한에는 둔감한 법이다.

"이제 전화도 안 걸려오니까, 포기했을 거야."

"그러면 좋겠죠."

요시무라 교코의 말에 나는 마음에도 없는 대꾸를 했다.

그렇게 수사는 막다른 골목에 몰렸다. 지금은 범인 스스로
모습을 나타내기를 기다리는 것밖에 할 수 없다. 젠장. 어떤 일
이든 한계에 부딪치면 정말 분하다. 제길.

나는 마음속으로 잔뜩 낙담하고 있는데, 요시무라 교코가
장난기 어린 미소를 띠고 불쑥 말했다.

"우리 셋이 놀이공원에 갈까?"

요시무라 교코 나름으로 신경을 쓰는 것이다. 나는 망설였다.

"여름방학이잖아."

어차피 오늘은 다른 할 일이 없어 그러기로 했다. 그리고 사

실 나는 롤러코스터를 무지 좋아한다.

카페테리아에서 나와 캠퍼스를 걸어가는데, 요시무라 교코가 갑자기 걸음을 멈췄다.

표정은 얼어붙고 시선은 저 앞을 향하고 있었다. 나는 요시무라 교코의 시선이 머문 곳을 쳐다보았다. 15미터 정도 앞에 하얀 티셔츠에 학생복 바지를 입은 남자가 서 있었다. 근육이 울룩불룩하고, 멀리서 보아도 느낄 수 있는 날카로운 눈빛……. 백 퍼센트 자신 있다. 그는 요시무라 교코의 남자 친구, 가라테부라는 다구치 씨가 틀림없다. 그가 나를 죽이러 온 것이다.

다구치가 우리를 향해 걷기 시작했을 때, 순신이 서 있는 위치를 약간 바꿔 요시무라 교코 앞으로 나왔다. 그 움직임을 눈치 챈 다구치의 얼굴이 순식간에 분노로 일그러졌다.

다구치의 걸음이 빨라졌다. 다구치와 순신은 1미터 거리를 두고 대치했다. 무턱대고 순신에게 접근하지 않는 걸 보면 과연 가라테부. 순신의 분위기에서 어떤 기운을 감지한 것이다.

"네가 전화 받았던 놈이냐?"

다구치가 순신에게 물었다.

순신은 대답하지 않았다. 나는 납니다, 하고 나설까 하다가 그만두었다. 끼어들 만한 분위기가 아니었다. 그런 눈치를 모르는 요시무라 교코가 사태를 수습하려고 순신과 다구치 사이에 끼어들었다. 그리고 다구치에게 무슨 말을 하려고 입을 여는 순간, 다구치가 요시무라 교코의 어깨를 잡고 힘껏 옆으로 밀쳐냈다. 그녀는 다리가 꼬여 옆으로 쓰러졌다. 팔꿈치가 땅에 부딪치는 탁한 소리와 함께 "꺅!" 하는 비명이 울렸다.

순신이 나를 쳐다보고 물었다.

"알아서 하라고 했지?"

눈꼬리의 흉터 자국이 불그스름했다. 어떻게 대답하면 좋을지 몰라 우물쭈물하는데, 쓰러져 있는 요시무라 교코가 말했다.

"안 돼, 순신."

다구치의 표정이 순간 굳었다. 그러다 입술 끝에 확연한 조소를 띠고 말했다.

"너 조선이냐? 아니면 중국?"

순신은 나를 쳐다본 채 미소를 띠고 말했다.

"늘 이런 식으로 나온단 말이지, 어이."

흉터 자국이 빨갛게 변했다. 나는 짧은 한숨을 쉰 다음 순신 옆에서 떨어져 요시무라 교코에게 다가갔다.

"멀리 떨어져 있는 게 좋습니다."

손을 내밀어 그녀를 일으켜 세우면서 말했다.

나와 요시무라 교코가 충분한 거리를 두자, 순신이 오른손에 들고 있던 〈노자〉를 다구치에게 내밀었다. 〈노자〉의 모서리가 다구치의 가슴에 살짝 닿았다. 다구치는 당황한 기색을 감추지 못하고 〈노자〉로 시선을 떨궜다. 순신의 의도는 금방 드러났다. 순신이 〈노자〉를 발치에 떨어뜨렸다. 〈노자〉처럼 중력에 이끌리듯 땅으로 시선을 향한 다구치의 집중력이 흐트러졌다. 치명적이었다.

〈노자〉가 툭 땅에 떨어지자 거의 동시에 스스슷 하는 소리를 내며 순신의 발끝이 다구치의 명치를 파고들었다. 다구치의 몸이 ㄱ자로 구부러졌다. 순신이 다리를 내렸는데도 다구치는 몸을 펴지 못했다. 입을 쩍 벌리고 비명 아닌 비명을 질렀다. 산소를 찾는 붕어처럼 입만 뻐끔거린다. 공기가 기도로 한꺼번에 흘러드는 휴- 하는 소리가 나고 다구치가 몸을 똑바로 펴는 순간, 순신이 몸을 앞으로 바짝 굽히더니 픽! 하는 소리가 울렸다. 순신의 이마가 다구치의 콧대를 짓뭉갰다. 요시무라 교코가 고개를 획 돌렸다.

순신의 이마가 다구치의 콧대에서 떨어졌다. 다구치는 휘청휘청 두세 걸음 뒤로 물러서더니 다리를 꼬며 뒤로 콰당 나자빠졌다. 그리고 천천히 한 손을 피투성이 코에 대고 전의를 상실한 멀건 시선으로 순신을 바라보았다. 순신이 다시 움직이려는 순간, 요시무라 교코가 후다닥 두 사람 사이에 끼어들었다.

"그만 해!"

그렇게 외치고 순신을 보는 요시무라 교코의 눈에 어떤 유의 직의가 일렁거렸다. 그녀가 옳았다. 그녀가 적대시하는 것은 순신 역시 적대시하는 것이었으니까.

요시무라 교코가 다구치 곁으로 다가가 무릎을 꿇었다. 투피스 주머니에서 손수건을 꺼내 내민다. 나는 순신에게 다가가 슬그머니 어깨를 쳤다. 순신은 이마에 묻은 피를 손등으로 쓱 닦고, 몹시 허탈한 표정으로 중얼거렸다.

"놀이공원에 가고 싶었는데……."

순신에게는 무드 인디고에 가 있으라고 하고, 요시무라 교코와 둘이 다구치를 부축해 카페테리아로 데려갔다.

다구치에게 지금까지의 경위를 설명하고, 앞으로는 스스로 요시무라 교코를 보호하라고 부탁했다. 다구치는 경찰에 신고해야 한다고 주장했다. 내가 경찰에 신고한다고 해서 그녀에게 경호가 붙는 것은 아니라고 설명해도, 경찰, 경찰, 계속 시끄럽게 주절거려서, 스웨터 목을 내려 멍을 보여주었다. 다구치가 간신히 입을 다물었다.

"요시무라 씨가 이런 일을 당하지 않도록 잘 지켜요."

내가 말했다.

"토요일까지 우리가 범인을 잡지 못하면, 그때는 원하는 대로 곧장 경찰에 신고할 테니까요."

다구치는 순신의 박치기에 시뻘겋게 부어오른 코로 홍, 하며 웃었다. 말귀를 알아먹도록 한 방 먹이고 싶었지만 참았다.

다구치 옆에서 불안한 표정으로 안절부절못하는 요시무라 교코에게 말했다.

"오늘밤에 또 전화하죠."

요시무라 교코는 다구치를 조심스러워하듯 쳐다보고는 희미하게 고개를 끄덕였다.

그들과 헤어져 무드 인디고로 갔다.

가게 문을 열자 빌리 홀리데이가 '어디로 가버렸나요, 내 사랑스러운 사람.'이라고 노래하고 있었다. 지정석이다시피 한 구석 자리에 히로시와 아기와 순신이 앉아 있었다. 자리에 앉아 아저씨에게 아이스커피를 주문하고 입을 열었다.

"시간이 없어."

아기가 종이냅킨을 둘둘 말아 내 얼굴에 던졌다.

"토요일까지 아직 며칠 남았어."

볼에 닿았다가 테이블로 떨어진 종이냅킨을 주워 다시 아기에게 힘없이 던졌다. 아기 옆에 앉은 순신이 아기가 맞기 직전 공중에서 그것을 잡아 다시 내게 던졌다. 이번에는 이마에 맞고 테이블에 떨어졌다. 내 옆에 앉은 히로시가 다시 주워 내게 던졌다. 종이냅킨은 내 귀에 맞았다가 바닥으로 떨어졌다. 아이스커피를 들고 온 아저씨가 주워 내게 던지자 이번에는 정수리를 맞히고 테이블 위로 떨어졌다. 이놈이나 저놈이나 다들······.

"음악, 다른 거 틀어줄까?"

아저씨가 아이스커피를 테이블에 내려놓으면서 물었다. 나는 맥없이 고개만 끄덕거렸다. 아저씨는 카운터 안으로 들어가 빌리 홀리데이의 우울한 목소리를 프랭크 시나트라의 스윙한 목소리로 바꿨다. 시나트라는 '토요일 밤은 일주일 중에 가장 고독한 밤'이라고 노래했다. 내가 습격을 당한 것도 토요일 밤이다.

"범인이 어쩌면 굉장히 외로운 사람일지도 모르겠어······."

내가 그렇게 말했을 때, 바깥 빛이 가게 안으로 비쳤다. 모두의 시선이 문으로 쏠렸다. 비죽 열린 문틈으로 야마시타가 조심조심 가게 안을 기웃거렸다. 레코드 바늘은 튀지 않았다. 좋은 징조다.

"괜찮아. 들어와."

나는 야마시타에게 말했다.

야마시타는 안심한 듯 히죽거리며 안으로 들어왔다. 그리고 우리 옆자리에 앉아 아이스코코아를 주문하고 물었다.

"그 위험하다는 일 어떻게 됐어?"

"아직 해결 안 났어."

내가 대답하자, 야마시타는 허풍스럽게, "어어, 그렇구나." 하고는 우리 모습을 살폈다. 아무도 같이 놀아주지 않으니 자기도 끼워주기를 바라는 것이다. 내가 스웨터의 목을 내리자 야마시타는 심각한 눈빛으로 명을 쳐다보고는, 빨리 해결되었으면 좋겠다고 마치 남 일인 것처럼 말했다.

아이스코코아가 나오자 야마시타가 한 모금 마시고 다시 말을 꺼냈다.

"그건 그렇고, 다들 진로는 생각하고 있는 거야?"

우리는 모두 어처구니없다는 표정을 지었다. 우리 표정을 본 야마시타가 변명하듯 말했다.

"여름방학 끝나면 진로 때문에 개별 면담하잖아. 나, 취직할지 전문학교 갈지 고민하고 있단 말이야."

"넌 일주일 후에 UFO를 타고 온 우주인에게 끌려갈 거니까 진로걱정은 안 해도 돼."

아기가 진지한 표정으로 그렇게 말하자, 야마시타는 울먹거리면서 말했다.

"그렇게 말하지 마."

그 말을 들은 히로시와 순신은 웃었지만, 나는 웃지 않았다. 다들 이상하다는 듯이 나를 보았다.

"넌 또, 왜 그러냐?"

히로시가 대표로 물었다.

"헛다리짚는 건지도 모르지만."

내가 말했다.

"뭐냐고?"

"너희들이 웃을지도 모르지만."

내가 그렇게 말하자, 야마시타가 피식거렸다. 나는 조금 전까지 공중을 오갔던 종이냅킨 공을 야마시타의 머리에 던졌다. 냅킨 공이 야마시타의 눈에 맞았다가 아이스코코아 잔으로 퐁당 빠졌다. 야마시타는 악, 하고 짧은 비명을 지르고 나머지는 나이스 슛, 하고 탄성을 질렀다.

나는 모두의 얼굴을 하나하나 둘러보고 말했다.

"잘 들어 봐. 야마시타의 나이스 슛 덕분에 범인에게 한 발 다가선 것 같아."

무드 인디고에서 모임을 끝내고 집에 들어갔다.

해야 할 일이 아주 많았다. 우선 요시무라 교코에게 전화를 걸었다. 내 추리에 대해서 설명하고 범인을 잡기 위해 필요한 모든 것을 물었다.

"어떻게 그런 일이 있을 수가……."

요시무라 교코는 통화 내내 나의 추리를 반신반의했다.

"만약 놈들 가운데 누군가가 범인이라면, 우리가 추리한 범인 프로파일과 일치하지 않나요?"

"그럴 수도 있겠지만……."

"놈들 중에 없으면, 그때는 항복입니다. 경찰에 맡기겠어요."

그렇게 말하고 전화를 끊은 시간이 밤 8시 조금 전이었다. 그리고 더 좀비스 멤버 전원에게 일일이 전화를 걸어 동원령을 내렸다. 하지만 48명 가운데 통화한 것은 히로시와 순신을 포함해 22명뿐이었다.

종이에 통화한 멤버 이름을 쓰고 어떤 식으로 '망보기 조'를 짤지 고민하고 있는데 전화벨이 울렸다. 이노우에였다. 고속도로를 까는 아르바이트에서 돌아왔다는 보고였다.

"요시무라 씨 일은 어떻게 됐어?"

참 태평한 질문이다. 골치 아픈 사건에 연루된 온갖 불만까지 있는 그대로 얘기해 주었다.

"오호, 재미있게 돌아가고 있는데."

"당연하지. 그러니까 너도 참가해."

내가 말했다.

이노우에의 협력을 약속받은 다음, 가야노에게도 연락해 달라고 부탁하고 전화를 끊었다.

또 전화벨이 울렸다. 밤 9시 3분. 요시무라 교코였다. 그녀는 금방이라도 울음을 터뜨릴 듯한 목소리로 말했다.

"또, 왔어, 전화……."

나는 문단속을 단단히 하고, 가능하면 다구치에게 집에 와서 자 달라고 부탁하라고 하고서 전화를 끊었다.

범인이 이렇게 빨리 전선으로 복귀하다니.

이놈이야말로 내가 찾고 있는 범인이다.

하지만 네 놈이 그렇게 제멋대로 날뛸 수 있는 것도 지금뿐
이다.

기다려라. 곧장 빚을 갚아주마.

9

수요일.

아침 7시. 학교 근처에 있는 도야마 공원 광장에 나를 포함해 멤버 25명이 모였다. 벤치에 멀거니 앉아 있는 녀석, 모래놀이터에 벌렁 누워 있는 녀석, 편의점에서 사온 삼각 김밥을 먹고 있는 녀석, 누가 버린 성인만화를 주워 읽고 있는 녀석. 모두 각양각색 모습으로 나의 지시를 기다리고 있었다. 물론 히로시와 순신, 가야노, 그리고 이노우에와 야마시타의 모습도 있었다.

벤치에 앉아 있다 엉덩이를 들고 일어서자, 모두의 시선이 내게 집중되었다. 나는 심호흡을 하고 말을 꺼냈다.

"여름빙학인데, 미안하다."

야, 졸려 죽겠다, 빨랑빨랑 해, 하는 목소리가 튀어나왔다. 나는 씩 웃음으로 답하고 말을 이었다.

"지금까지의 일은 어젯밤 통화에서 얘기한 그대로다. 모두들 네 명이 한 조가 되어 잠복, 범인을 찾는다. 각 조의 편성과 잠복처는 이 종이에 적혀 있다."

나는 손에 쥐고 있는 종이를 모두가 볼 수 있게 약간 들어올렸다.

"내가 추정하는 범인의 모습도 여기 써두었다. 나는 무드 인디고에서 기다리고 있을 테니까, 비슷한 놈이 발견되면 즉각 연락하도록 한다."

실은 나도 같이 움직이고 싶었지만, 만에 하나 발생할 수도 있는 범인과의 정면충돌은 피하고 싶었다.

나는 동지들을 둘러보았다. 모두 용감무쌍한 표정이다. 나는 솔직한 기분을 털어놓았다.

"너희들 모두, 사랑한다!"

모두, 일제히 일어섰다.

세계가, 우리의 세계가 정상적으로 돌아가기 시작했다.

오전 10시.

오랜만에 일찍 일어나 그런지 다소 찌뿌둥해 보이는 주인아저씨가 끓여준 커피를 마시고 있는데, 시바, 고지마치, 이치가야, 긴자, 마루노우치, 오테마치 등 여섯 군데에 잠복하고 있는 멤버들로부터 정기 연락이 들어오기 시작했다. 시바, 고지마치, 이치가야, 긴사, 오테마치는 아무 수확이 없었다. 마지막에 마루노우치의 한 장소에 잠복하고 있는 가야노로부터 비슷한 인물을 발견했다는 보고가 들어왔다.

"눈에 안대도 하고 있고, 네가 추정한 범인 모습과 똑같아."

"알았어. 그 인간이 다시 나타나면 놓치지 말고 따라붙어."

"오케이."

오후 1시.

두 번째 정기 연락. 역시 마루노우치 외에는 수확이 없었다. 가야노의 연락을 기다렸다. 1시 반, 전화벨이 울렸다.

"왜 이렇게 늦었어."

"미안."

"어떻게 됐어?"

"놈이 점심 먹으러 정식집에 들어가서, 우리도 같이 들어갔어."

"눈치 챈 거 아니야?"

"아니, 괜찮을 거야. 그보다 선물이 있어."

"뭔데?"

"그놈, 이름이 시바타야."

"어떻게 알았는데?"

"밥 먹고 있는데 놈의 휴대전화가 울렸거든. 네, 시바타입니다, 하고 받더라고."

"좋았어!"

"뭐라고?"

"아니, 너희들 공이 크다고."

"알면 됐고. 아 참, 시바타 그 인간, 혼자서 쓸쓸하게 밥 먹더라."

"뭐 먹었는데?"

"크로켓 정식."

"틀림없어. 그놈이 범인일 확률이 90퍼센트 이상이야."

"뭐냐? 그건 또?"

"좋아하는 음식으로 점치는 거."

"이런, 바보."

"알고 있어. 한 시간 후에 다시 전화해라."

집에서 기다리고 있는 요시무라 교코에게 전화를 걸어, 오늘의 경과를 보고한 후에 물었다.

"시바타란 사람, 기억합니까?"

"그런 이름, 기억에 없는데. 얼굴도 모르겠고. 네 추리가 맞는다면 틀림없이 어디선가 만났을 텐데……."

요시무라 교코가 그렇게 대답했다.

어젯밤처럼 변함없이 반신반의하는 요시무라 교코에게 한

번 조사해 보라고 부탁했다.

"알겠어. 30분 후에 다시 전화해 줄래?"

30분이 지나 전화를 걸자, 결과가 나와 있었다. 요시무라 교코는 조금 전과 다르게 흥분한 목소리로 말했다.

"네 말이 맞았어. 선배에게 전화해서 물어봤는데, 증거가 있어. 그 시바타란 사람이 범인이니?"

"아마도. 하지만 백 퍼센트 확실한 건 아니니까 긴장 풀지 말아요."

"그래, 알았어."

전화를 끊고 가야노의 연락을 기다렸다. 3시가 조금 지나 전화벨이 울렸다.

"틀림없어. 시바타, 그 놈이 범인이야. 백 퍼센트 확실해."

"어떻게 할래?"

그럴 수만 있다면 지금 당장 가야노와 합류해 시바타를 잡아서 두세 방 날리고, 죽지 않을 정도로 목을 조르고 싶었다. 그러나 일이 그렇게 되면 모든 것이 물거품으로 돌아간다. 분풀이는 되겠지만 요시무라 교코에게 평온한 일상을 선물해 줄 수는 없다.

"그래도 잠복하고 있어. 신중하게, 알겠지?"

"알았어."

오후 5시.

세 번째 정기 연락. 역시 긴자 등 다섯 군데는 수확이 없어서 잠복을 해제하기로 했다.

가야노에게서 연락이 왔다.

"현재까지는 별다른 움직임이 없어. 점심 먹은 후로는 건물에서 나오지 않았어."

"알았어. 계획한 대로 나는 요시무라 교코의 집으로 이동한다."

"오케이."

오후 6시.

아저씨에게 인사하고 무드 인디고에서 나왔다. 패스트푸드로 저녁을 때우고 요시무라 교코의 집으로 향했다.

밤 8시 30분.

나는 요시무라 교코의 집 식탁에 앉아 있었다. 식탁에는 자명종 시계와 무선전화기, 그리고 마시다 만 보리차 잔이 두 개.

"아 참, 다구치 씨, 오늘 밤 자러 온대요?"

내가 물었다.

그녀는 헛헛한 표정을 한 채 숙인 고개를 옆으로 살랑살랑 흔들었다.

"그럼, 어젯밤에도 안 왔어요?"

내가 또 묻자, 요시무라 교코는 또 희미하게 고개를 옆으로 저으면서 말했다.

"무슨 일 있으면, 경찰에 신고하라면서……."

"걱정되면 순신이더러 와 있으라고 할까요?"

요시무라 교코가 또 고개를 옆으로 저었다가, 다시 끄덕거렸다. 대체 어느 쪽이야?

전화벨이 울렸다. 벨소리에 그녀가 움찔 놀랐다. 8시 40분이 약간 넘었다.

"받아요."

요시무라 교코는 보일 듯 말 듯 고개를 끄덕이고 전화기를 들었다.

"여보세요?"

잠시 후, 그녀는 안심이라는 듯 짧은 한숨을 내뱉고 무선전화기를 내게 내밀었다. 나는 전화기를 받아 귀에 대었다.

"여보세요."

"나야."

가야노의 목소리였다.

"어떻게 돼가고 있어?"

내가 물었다.

"8시 조금 지나서 건물에서 나왔어. 신바시 쪽으로 걸어가서, 역 앞에 있는 호텔에 들어갔는데, 지금은 1층 라운지에서 차를 마시고 있어. 그런데 놈이 앉은 테이블에 뭐가 놓여 있는지 알아?"

"그걸 내가 어떻게 알아."

"스톱워치 크기의 디지털시계. 아마 오차가 거의 없는 고성능이겠지. 시바타 자식, 1분 간격으로 그걸 보고 있어. 야, 우리 내기 할래?"

"무슨 내기?"

"놈이 9시가 되기 전에 로비 옆에 있는 공중전화 부스로 들어가서, 요시무라 씨네 집으로 전화를 거느냐 마느냐."

"좋아. 나는 걸지 않는 쪽에 4인분 저녁을 걸지. 뭐 먹고 싶은지, 모두에게 물어나 봐."

"좋았어."

전화를 끊고 요시무라 교코에게 상황을 설명하는 사이, 9시 5분 전이 되었다. 나와 그녀는 거의 침묵 속에서 5분을 보냈다.

밤 9시.

전화벨이 울렸다. 울릴 줄 이미 알고 있었는데도 나와 요시무라 교코는 반사적으로 몸을 떨었다. 나는 요시무라 교코에게 고개를 끄덕여 보였다. 그녀가 살그머니 전화기를 들고 통화 버튼을 누른 다음 귀로 가져갔다.

"……여보세요."

몇 초가 지나 전화를 끊은 요시무라 교코가 짧게 한숨을 내쉬고 내게 말했다.

"친구들에게 저녁 사줘야겠네."

나는 고개를 끄덕였다.

가야노의 연락을 기다리는 동안, 요시무라 교코의 기분을 풀어주려고 야마시타 얘기를 했다. 야마시타가 학교 가다 전철 플랫폼에서 만난 귀여운 여학생에게 러브 레터를 전하려고 했는데, 무수한 장애에 부딪쳐 좀처럼 건네지 못했다는 얘기를 하자, 그녀는 재미있다는 듯 계속 웃었다. 야마시타는 위대하다.

"아무튼, 여학생에게 러브 레터 전하려다 사타구니 관절 빠지는 인간은 야마시타 정도라니까요."

요시무라 교코는 한바탕 신나게 웃고는 말했다.

"거짓말쟁이."

왜 믿지 않는 것일까.

전화벨이 울렸다. 시계를 보았다. 10시 40분. 일단 요시무라 교코에게 받으라고 하고, 다음 내가 받았다.

"조금 전에 시바타가 집에 들어갔어. 주소 부를게."

가야노가 알려주는 주소를 메모했다. 시바타는 하치오지에 살고 있었다.

"단독인데, 불이 안 켜져 있어. 마누라가 애들 데리고 도망친 거 아니냐."

"그래서 외로운 나머지 스토커가 되었다고?"

"그렇지 싶다. 참, 다들 생선초밥 먹고 싶다는데."

"알았어."

"빙빙 돌아가는 건 싫대."

"알았다니까. 죽기 살기로 알바해서 사 주마."

수고했어, 하고 말하고 전화를 끊었다. 요시무라 교코가 반짝이는 표정으로, 굉장하다, 하고 말했다.

"이제 잡을 수 있겠네."

나는 고개를 저었다.

"경찰에 내밀 만한 증거가 아무것도 없어요. 현재는 '수상한 인물'을 발견했다는 정도의 상황입니다."

요시무라 교코가 한숨을 쉬었다.

"꼬리는 잡은 셈이죠. 나머지는 어떻게 몸통을 잡아 쓰러뜨리느냐 하는 겁니다."

내가 그렇게 말하자, 요시무라 교코는 잠시 아무 말 없이 내 얼굴만 빤히 쳐다보았다.

"여기까지 왔으니까, 끝까지 너희들에게 맡길게."

내가 힘주어 고개를 끄덕이자, 요시무라 교코도 미소 지으며 상냥하게 말했다.

"힘내."

10

목요일.

오후 1시. 대학 카페테리아에서 작전회의를 열었다. 참석자는 나, 히로시, 순신, 가야노, 이노우에, 그리고 아기. 요시무라 교코는 2시부터 참석하기로 했다.

시바타를 어떻게 잡을 것인가에 관한 격론은 없었다. 결국한 가지 방법밖에 없다는 결론이 나왔다.

작전상 필요해서 아기에게 요금을 지불하고 형사소송법 강의를 받았다. 강의가 끝날 무렵 마침 요시무라 교코가 카페테리아에 나타났다. 먼저 처음 만나는 가야노를 소개하고, 우리 작전을 설명한 다음 협조를 구하자, 요시무라 교코는 절대 그럴 수 없다고 거부 반응을 보였다. 내가 그 방법이 평온한 생활을 되찾을 수 있는 유일한 지름길이라고 강조하자, 그녀는 5분 정도 말없이 생각하더니 어쩔 수 없다는 식으로 고개를 끄덕이고는 혼자 중얼거렸다.

"역시 너희들에게 부탁하는 게 아니었어."

요시무라 교코까지 합세해 두 시간 정도 작전회의를 한 후 해산했다.

밤 9시.

요시무라 교코의 방에서 전화벨이 울렸다. 나와 그녀는 숨 죽이고 전화기를 쳐다보았다. 일곱 번 벨이 울리고 자동응답기로 넘어갔다.

"……."

무언 메시지가 녹음되고 전화가 끊겼다.

밤 9시 30분. 전화벨이 두 번 울리고 끊겼다. 그리고 몇 초 후에 다시 벨이 울렸다. 내가 수화기를 들었다.

"지금 막 집에 들어갔어."

시바타를 미행하고 있는 이노우에였다.

"오늘 밤에는 곧바로 집에 들어갔나 보군."

"시바타 그 자식. 엄청 짜증났나 보더라. 전화 부스에서 나와서 문을 쾅쾅 차던데."

"자식, 블랙 배스 급으로 미끼를 꽉 물었군."

수고했다고 하고서 전화를 끊었다. 요시무라 교코에게 일이 순조롭게 진행되고 있다고 보고하자, 그녀는 사태가 이렇게 되었는데 순조고 뭐고, 하고 투덜거렸다.

금요일.

밤 9시. 요시무라 교코의 방. 전화벨. 무언 메시지.

밤 11시 5분. 전화벨이 두 번 울리고 끊겼다가 몇 초 후에 다시 벨이 울렸다. 내가 전화를 받았다.

"오늘밤에도 바로 집에 들어갔어."

히로시였다.

"문제는 회사를 쉬는 토요일이야."

"그렇겠지. 실은 시바타 그 자식, 전화 건 다음에 요시무라 씨네 집 쪽으로 가는 전철 탔는데, 두 정거장 갔다가 다시 돌아왔어. 겨우 겨우 참는 것 같더라."

"점점 흥미로워지는군."

내가 그렇게 말했을 때, 다른 귀에 요시무라 교코의 뒤틀린 목소리가 들렸다.

"조금도 흥미롭지 않네."

나는 못 들은 척했다.

전화를 끊고 요시무라 교코와 내일 일을 의논하고 집에서 나왔다.

역까지 휘파람을 불면서 걸어갔다. 곡은 물론 '인디아나 존스'의 테마곡.

모험의 클라이맥스가 점점 다가오고 있다.

11

토요일.

오전 10시에 일어나 우선 샤워를 하려고 욕실에 들어갔다. 퍼렇던 '목줄'은 꽤나 색이 엷어졌다.

빵과 우유로 아침을 먹고 방에 돌아와 순신과 가야노와 이노우에에게 전화를 걸어 계획을 최종 확인했다.

12시가 좀 지나 외출 준비를 시작했다. 망설인 끝에 터틀넥 스웨터가 아닌 셔츠를 입기로 했다. '목줄'의 파란색에 맞춰 네이비블루로.

오후 1시에 집에서 나와 2시 조금 전에 대학에 도착해 카페테리아로 갔다. 평소와 다름없이 남색 투피스 차림인 요시무라 교코와 합류해 시부야로 나갔다. 3시 넘어 극장에 들어가 요즘 인기 있다는 프랑스 영화를 보았다. 남자와 여자가 만나 사랑을 나누다 별다른 이유 없이 헤어졌지만, 그래도 인생은 계속된다는 내용의 시시한 영화였다. 하기야 도중에 세 번쯤 잠이 들었으니까, 중요한 부분을 놓쳤는지도 모르겠다. 요시무라 교코는 꽤 감동한 눈치였다.

6시 조금 전에 요시무라 교코의 단골인 이탈리안 레스토랑에서 이른 저녁을 먹었다. 점차 긴장이 고조되는 기색인 그녀는 거의 말도 하지 않고, 피자 한 조각을 10분이나 걸려 먹었다.

"아무 일 없을 테니까 안심해요."

나는 목소리에 힘을 주어 말했다.

"우리를 믿어요."

요시무라 교코는 맥없는 미소를 보이고는 야마시타 얘기를 해달라고 졸랐다. 나는 야마시타가 동물원에 가서 원숭이들을 구경하고 있는데, 대장 원숭이가 갑자기 화를 꽥꽥 내면서 야마시타에게 돌을 던졌고, 그 돌이 보란 듯이 이마에 적중해 피를 흘린 이야기며, 경마장 객석에서 말 구경을 하고 있었더니 야마시타를 보고 갑자기 난동을 부린 말에게 머리를 물려 여덟 바늘이나 꿰맨 이야기를 해주었다.

요시무라 교코는 줄곧 배를 잡고 웃으면서, 말도 안 돼, 말도 안 돼, 를 연발했다.

"이다음에 더 좀비스 멤버들이 돈을 모아서 야마시타를 스페인의 투우제에 보내자는 제안도 있었어요. 재미있을 것 같죠?"

요시무라 교코는 테이블에 엎드려, 아아, 숨넘어가겠네, 하면서 웃었다. 아무튼 야마시타는 위대하다.

밤 9시 넘어 레스토랑에서 나와 카페에 들어갔다. 주문을 한 후 카페 안에 있는 공중전화에서 전화를 걸었다. 요시무라 교코의 휴대전화 번호를 눌렀다. 11번째 벨이 울리고서야 히로시가 전화를 받았다.

"미안하다. 어떻게 받는지 몰라서."

"어떻게 돼가고 있어?"

"계획한 대로 잘 돌아가고 있어. 시바타 그 자식, 9시에 정확하게 전화 걸고, 역 앞에 있는 책방에서 책 읽고 있어. 역을 드나드는 사람들이 잘 보이는 입구 근처야. 짜식, 아주 의기 충만하더라."

"좋아. 계획한 대로 나중에 합류하자."

전화를 끊고 테이블로 돌아왔다. 최종 확인을 하면서 한 시간 정도 시간을 보낸 후에 카페에서 나왔다.

요시무라 교코와 시부야 역까지 같이 걸어가 개찰구에서 헤어졌다. 개찰구 밖에서 나를 쳐다보는 그녀 눈에는 짙은 불안이 어려 있었다. 내가 손을 들어 승리의 사인을 보내자, 불안이 다소 누그러지는 듯 보였다.

주말의 밤. 혼잡한 전철을 타고 요시무라 교코가 사는 아파트에서 제일 가까운 역 다음 역에서 내렸다. 개찰구를 빠져나와 선로가 길을 20분 정도 열심히 걸어 역 하나 거리를 되돌아왔다.

요시무라 교코의 아파트를 지나쳐 역으로 가는 길 도중에 있는 조그만 공원에 들어갔다. 더 좀비스 멤버들이 2인 1조로 네 개의 벤치를 점거하고 있었다. 모두들 손을 마주잡고 있거나 서로를 꼭 껴안고 있거나 상대를 은근하게 바라보는 등, 게이 커플을 연출하고 있다. 이런 광경을 보면 한여름 밤에 야릇한 목적으로 공원을 찾은 연인들도 놀라 꽁무니를 뺄 것이다.

내가 걸어가면서 손을 들자, 벤치에 앉아 있던 멤버 전원이 손을 들었다. 그네가 있는 곳에 가서 나란히 걸린 두 그네 한쪽에 앉았다. 등 뒤에 있는 숲에서 부스럭거리는 소리가 나더니 이내 히로시가 나타나 옆 그네에 앉았다.

"방충 스프레이 가져올 걸 그랬어."

히로시가 두 팔을 벅벅 긁으면서 말했다.

"상황은?"

"우리를 포함해서 28명이 모였는데, 전원 자기 자리에 배치했어. 아 참, 아기도 구경하러 와 있고. 여자도 같이 왔던데, 어딘가에 있을 거야."

"시바타는?"

"30분쯤 전부터 역 앞 찻집에서 창가 자리에 진을 치고, 역을 드나드는 사람들을 살피고 있어."

히로시가 갖고 있는 요시무라 교코의 휴대전화가 울렸다. 히로시는 폭발 직전의 수류탄이라도 쥐고 있는 것처럼 화들짝 놀라 얼굴을 찡그리더니, 재빨리 휴대전화를 내 손에 건넸다. 액정 화면에 뜬 발신자 번호는 공중전화였다. 나 역시 사용법을 잘 몰라 통화 버튼을 누르는 데 시간이 걸렸다. 그동안, 벨이 열 번이나 울렸다.

"여보세요."

"전화 좀 빨리 받을 수 없냐!"

이노우에가 소리를 꽥 질렀다. 그리고 "그보다." 하면서 상황을 보고했다.

"요시무라 씨가 역에서 나와 그쪽으로 가고 있어. 아마 2, 3분 후면 도착할 거야. 물론 금붕어 똥도 같이."

"알았어."

"나도 곧 합류할게."

이노우에는 그렇게 말하고 전화를 끊었다. 통화 종료 버튼을 찾느라 또 시간이 걸렸다. 간신히 찾아 누른 후 전화기를 뒷주머니에 밀어 넣었다.

나와 히로시는 눈짓으로 신호를 주고받으며 그네에서 내렸다. 내가 집게손가락과 가운뎃손가락을 들어 승리의 사인을 보내자, 벤치에 앉아 있던 멤버들이 우르르 일어나 재빨리 사방으로 흩어졌다. 히로시는 등 뒤에 있는 숲으로 돌아가고, 나는 공원 입구가 바로 앞에 보이는 식수대 뒤 숲을 향했다. 키 작은 울타리를 넘어 숲으로 들어가자 이미 손님이 와 있었다. 야마시타였다. 나는 작은 목소리로 속삭였다.

"꺼져."

"왜!"

야마시타도 작은 목소리로 답했다. 희미하게 비치는 공원 조명 덕분에 야마시타의 볼에 앉아 있는 적어도 다섯 마리 이상의 모기가 보였다. 지금 상황에서 왕재수가 전염될까 봐 겁이 났지만, 이리저리 움직일 시간이 없어서 모기 퇴치 역으로 옆에 세워두기로 했다. 긍정적인 사고다.

"시간, 거의 다 돼간다."

나는 작은 목소리로 야마시타에게 말하고 공원 입구 쪽으로 시선을 돌렸다.

꼴깍.

야마시타가 침을 삼키는 소리가 귓가에서 아주 현실감 있게 울렸다.

12

공원에는 정적만 감돌았다.

가끔 멀리서 오토바이의 배기음과 술 취한 남자의 껄껄거리는 웃음소리가 뜨끈한 바람을 타고 공원 외곽까지 날아왔지만, 키 큰 나무들의 벽에 부딪쳐 안까지는 들어오지 못했다. 거기에는 아주 잠깐이지만 거의 완벽에 가까운 여름밤의 조화가 있었다. 정적, 조명, 광장, 조화가 빚어내는 긴장감. 공원이 마치 출연자의 등장을 기다리는 야외무대 같은 정취를 띠기 시작했다. 출연자는 둘, 관객은 서른 명, 그리고 공연제목은.

공원 입구에 드디어 요시무라 교코의 모습이 나타났다.

또각또각, 힐 소리가 드높게 울린다. 그 뒤로 뚜벅뚜벅 구둣발 소리. 뚜벅 뚜벅 뚜벅 뚜벅…….

요시무라 교코 뒤로 5미터 정도 거리에, 자본금 1,200억 엔, 사원 평균 연봉 1,200만 엔의 대기업 쓰노다 상사의 인사부장 시바타의 모습도 등장했다. 짙은 남색 양복에 하양과 남색 줄무늬 넥타이, 반듯하게 옆으로 빗어 내린 평범한 머리 스타일, 이렇다 할 특징 없는 밋밋한 얼굴. 왼쪽 눈을 가린 새하얀 안대만이 밤의 어둠 속에서 시바타의 존재를 또렷하게 부각시키고 있었다.

시바타는 한쪽뿐인 시선으로 분주하게 사방을 살피며 사람이 있는지 없는지 확인했다. 요시무라 교코가 거의 공원 한가운데까지 갔을 때, 어깨에 멘 핸드백 끈이 흘러내렸다.

핸드백이 땅에 떨어지고, 요시무라 교코가 걸음을 멈췄다. 시바타도 걷는 속도를 약간 늦췄다. 그리고 손을 목으로 가져가더니, 재빨리 넥타이를 풀었다. 스스슥, 하는 소리가 나면서 넥타이가 목에서 풀렸다. 요시무라 교코는 천천히 무릎을 구부리면서 쭈그려 앉아 핸드백을 잡았다. 그녀와 시바타의 거리는 약 3미터. 시바타는 넥타이 양 끝을 두 손에 휘감으면서 날래게 걸었다.

2미터. 기척을 느낀 요시무라 교코가 머리를 들어 옆으로 획 돌렸다. 긴박한 표정이다.

1미터. 시바타가 타다닥 뛰어 요시무라 교코의 등에 들러붙었다.

0미터. 요시무라 교코는 돌발적인 습격으로 공포에 빠졌다. 쭈그려 앉은 채 움직이려다 다리가 꼬여 엉덩방아를 찧었다. 그리고 당연한 반응이지만, 얼굴을 들고 그 갑작스러운 습격자를 올려다보았다.

시바타가 사악한 두 손을 놀려 쭉 내민 요시무라 교코의 목에 넥타이를 감으려던, 그 순간.

13

청바지 뒷주머니에 든 요시무라 교코의 휴대전화가 울렸다.

옆에 있는 야마시타가 으악! 하고 괴성을 질렀다.

최악의 전개였다. 당황한 나는 뒷주머니에서 얼른 휴대전화를 꺼냈다. 벨소리를 멈추게 하려고 이것저것 버튼을 누르는데 액정화면에 뜬 발신자가 눈에 들어왔다. '다구치 다링'. 언젠가는 반드시 다링의 코를 비틀어주겠다.

벨소리가 멈췄다. 소리가 울렸다가 멈출 때까지 불과 1, 2초 걸렸을 것이다. 나는 요시무라 교코와 시바타 쪽으로 시선을 돌렸다. 둘 다 벨이 울리기 전 자세로 내가 있는 쪽을 쳐다보고 있었다. 시바타의 얼굴은 당혹감으로 가득했다. 당연한 일이지만, 지금 상황이 파악되지 않을 것이다. 숲 속에서 느닷없이 들려온 전화벨 소리. 그런데 사람의 모습은 보이지 않는다.

아무튼 이상 사태를 감지한 시바타는 요시무라 교코의 목을 조르려던 넥타이를 자기 목에 다시 매려 했다. 나는 자신도 모르게, 안 돼! 하고 소리를 지를 뻔했다. 포기해서는 안 된다. 시바타는 무슨 일이 있어도 요시무라 교코를 덮쳐야 한다. 무슨 일이 있어도 반드시.

시바타의 손이 움직여 우리 계획이 파탄을 맞으려는 그때, 요시무라 교코가 자지러지는 비명을 질렀다.

"꺄아악!"

멀리서도 시바타의 몸이 휘청 흔들리는 것을 알 수 있었다. 요시무라 교코는 어깨를 들먹이며 보란 듯 숨을 들이쉬고는 다시 폭발적인 비명을 지르려고 입을 크게 벌렸다. 그것을 본 시바타의 두 손이 순간적으로 그녀 목에 넥타이를 감았다. 시바타의 얼굴에 그런 짓을 저지르고 만 낭패감이 아주 잠깐 어렸다. 그러나 때는 이미 늦었다.

시바타가 시작한 일을 성실하게 매듭지으려고 두 손을 교차해 요시무라 교코의 목에 넥타이를 감는 순간, 기린 모양의 미끄럼틀에서 무언가가 뛰쳐나왔다. 너무도 동작이 재빨라, 희미한 조명을 받은 그 잔상이 여름밤을 수놓은 환상적인 주마등처럼 보였다.

순신이 순식간에 시바타의 옆으로 다가가 묵직한 라이트 훅을 옆구리에 날렸다. 얼굴을 옆으로 돌려 순신의 모습을 인식한 정보와 혹의 충격이 거의 동시에 순간적으로 시바타의 뇌에 도달했을 것이다. 시바타는 경악과 고뇌가 뒤섞인 표정을 지었다. 그리고 다음 순간, 순신이 옆구리를 강타한 충격이 시바타의 내장을 지나 폐를 관통하고 기도로 밀려올라가, 으윽, 하는 고통의 낮은 신음과 함께 입으로 튀어나왔다. 동시에 두 무릎은 휘청대고, 두 손은 힘을 잃고 축 늘어졌다. 요시무라 교코는 넥타이와 목 사이에 손가락을 밀어 넣고 틈새를 만들어 고리에서 빠져나왔다.

요시무라 교코가 기듯이 시바타의 손아귀에서 벗어나자 순신은 같은 부위에 다시 한 번 라이트 혹을 날렸다. 나는 시바타가 그 자리에서 무너질 줄만 알았다. 무릎은 후들후들 흔들리고, 호흡은 껵껵 막히고, 상반신은 부들부들 떨리는, 온몸으로 치닫는 그런 고통을 견디려면 땅바닥에 드러눕는 게 최선일 텐데, 시바타는 고통보다 주위를 싸고도는 압도적인 공포로부터 도망치려고 휘청거리는 걸음으로 근처에 있는 벤치를 향했다.

나는 키 작은 울타리를 넘어 숲에서 나왔다. 시바타가 향하고 있는 벤치로 나도 다가갔다. 여기저기 숨어 있던 멤버들 역시 모습을 드러내며 벤치로 향했다.

시바타는 간신히 벤치로 다가가 몸을 내던지듯 앉았다. 어깨를 들썩이면서 호흡을 가다듬고, 손에 감은 넥타이를 풀어

벤치에 놓았다. 내 목을 조른 것도 저 넥타이일까? 내가 나카무라를 미행했을 때 느꼈던 위화감의 정체는 바로 넥타이였다. 만원 전철 속에서 눈앞에 아른거리는 넥타이를 보고, 내 목을 조른 흉기는 아마 넥타이일 것이라고 인식했던 것 같다.

시바타가 양복 주머니에서 손수건을 꺼내 이마에 돋은 땀을 닦고는 이제 생각났다는 듯이 우리에게로 시선을 돌렸다.

"자네들은 대체 누구지?"

처음 듣는 무언전화의 주인공 목소리는 맥이 풀릴 정도로 평범했다. 높지도 낮지도 않고, 구성진 목소리도 쉰 목소리도 아니었다.

"당신이 미행한 요시무라 교코 씨의 친구들입니다."

내가 말했다.

시바타가 나를 쳐다보았다. 눈을 찡그리고 나를 멀뚱멀뚱 쳐다보았다. 한쪽 눈만으로는 초점이 잘 안 맞는지, 시바타가 오른쪽 눈을 가린 안대를 풀었다. 흰자위에 뻘겋게 핏발이 서 있었다.

"자네가 너무 세게 쳐서 말이야, 일할 때 몹시 불편하더군."

날씨 얘기라도 하는 투였다.

"당신이 너무 세게 졸라서 말이죠, 유치한 문신 같아 영 기분이 안 좋아요."

내가 말했다.

시바타는 입가에 희미한 미소를 머금고 말했다.

"그래서, 자네들 날 어쩔 생각이지?"

"당신을 체포하겠습니다."

나는 단호하게 말했다.

시바타는 미소 띤 얼굴로 이죽거렸다.

"무슨 뜻이지?"

"형사소송법 제231조 '현행범 체포'라는 겁니다."

내가 그렇게 말하자, 뒤에서 "213조야." 하고 아기가 정정했다.

아무튼, 하고 내가 다시 말했다.

"명백하게 범죄를 저지른 인간은 그 현장에서, 반드시 경찰이 아니라도 체포할 수 있습니다. 영장 없이도 말이죠. 그래서 우리는 당신을 '살인미수' 현행범으로 체포해 경찰에 인계할 겁니다. 더불어 이 자리에 있는 우리 모두가 목격자임을 알려 드립니다."

시바타는 우리를 천천히 둘러보았다. 가야노의 얼굴에 시선을 멈추고, 시바타가 입을 열었다.

"자네 얼굴은 본 기억이 있군. 전에 정식집에서 뒤 테이블에 앉았던 것 같은데. 그렇다면 이건 우연이 아니군."

나는 고개를 끄덕였다.

"요시무라 씨의 도움이 있었습니다."

시바타가 요시무라를 쳐다보며 말했다.

"어째 이상하다 했어. 사람도 없는 공원에 들어가서 말이야."

요시무라 교코는 시바타의 시선에서 몸을 지키려는 듯 두 팔로 자기 가슴과 양 어깨를 꽉 껴안았다. 시바타가 다시 나를 보았다.

"그런데 어떻게 나를 주목한 거지?"

"요시무라 씨의 집과 집 전화번호, 그리고 용모와 캐릭터를 알고 있다는 조건과, 무언전화가 시작된 시점을 고려해서 최근에 알게 된 인물을 추적해 보았더니 답이 저절로 나오더군요. 요시무라 씨가 입사 시험에서 면접을 볼 때 만난 면접관이었죠."

"아, 그랬군."

언제 왔는지 내 옆에 선 야마시타가 내 어깨를 툭툭 치고는 자기를 가리켰다. 오케이, 오케이.

"친구의 힘을 빌려 답을 얻었지만, 처음에는 저 자신도 반신반의했습니다. 그런데 요시무라 씨가 입사 시험을 본 회사에 잠복하고 있었더니, 당신이 운 좋게 걸려든 것이죠."

"호, 불과 일주일 만에 나를 추적해냈다. 그런데 자네들, 대학생인가?"

"아닙니다. 고등학생입니다."

시바타는 감탄스럽다는 듯 고개를 끄덕이면서 말했다.

"상당히 우수한 학교에 다니고 있겠군."

멤버들이 하나같이 소리 내어 웃었다. 시바타는 웃음소리를 개의치 않고 말했다.

"오늘 일을 눈감아주면 대학 졸업한 후에 자네들 취직자리는 내가 각별히 편의를 봐주지. 우리 회사에 들어오면 장래는 약속된 거나 다름없고 말이야."

또 웃음소리가 일었지만 조금 전보다는 톤이 낮았다. 웃지 못할 개그였다.

"유감스럽게도 저희들은 대학 진학률 8퍼센트밖에 안 되는 고등학교에 다니고 있습니다. 당신 회사는 고졸도 받습니까?"

시바타가 할 말을 잃었다. 나는 말을 이었다.

"설령 고졸을 받아주신다 해도 나는 사양하겠습니다. 당신 덕분에 넥타이 공포증에 걸렸으니, 회사원이 되기는 다 틀렸지요. 그건 그렇고, 묻고 싶은 게 있는데요."

"뭐지?"

"왜 나를 죽이려 했죠?"

"요시무라 군은 면접 때, 남자 친구가 없다고 했어."

시바타가 요시무라 교코에게 시선을 던졌다. 나도 그 시선을 좇았다. 그녀는 혐오감을 가득 품은 눈빛으로 시바타를 노려보고 있었다.

"그거 성희롱 아닙니까?"

내가 말했다.

"나는 인사부장이야. 우리 회사에 들어올 가능성이 있는 인간에 대해서, 모든 것을 알아야 할 의무가 있지."

"그거 농담입니까?"

시바타는 진지한 표정으로 고개를 가로저었다. 나는 계속해서 말했다.

"요시무라 씨에게 최근 일을 기억해 보라고 했더니, 당신의 무언전화가 시작된 시점이 가장 가고 싶은 곳에 최종 합격해서, 다른 회사에 내정을 거절하겠다는 전화를 건 다음 날부터라더군요. 동기는 요시무라 교코 씨가 당신네 회사를 거부해서 화가 났기 때문입니까?"

시바타는 고개를 내저었다.

"그럼 왜 매일 밤 같은 시간에 전화를 건 거죠?"

"음, 일종의 부모 마음이라고 할까. 취업이 결정되면 해이해지기 쉬우니까 말이지. 그래서 밤에 나다니며 놀지는 않는지, 집에는 잘 들어오는지 확인했을 뿐이야. 점호를 했다고 생각하면 되겠군."

나와 이노우에는 얼굴을 마주보았다. 시바타가 말을 이어갔다.

"안 그래도 여자 혼자 살면 유혹이 많잖아. 그녀들에게는 늘 긴장의 고삐를 단단히 쥐게 하는 나 같은 존재가 필요해."

우리들 사이에 정체를 알 수 없는 거북함이 서서히 번지기 시작했다. 시바타는 누구를 향해 하는 건지 알 수 없는 말을 계속 지껄였다.

"나는 인사부장이라고. 나 같은 일류 기업의 고위 관리직은 사회의 목탁으로서 책임을 다하지 않으면 안 돼. 내정을 거부하든 어떻든, 한 번 내정된 이상 그 인물에 대해서 나름의 감시와 교정을 책임질 의무가 있다는 말이지. 너희들도 언젠가는 알게 되겠지만, 회사란 군대 같은 곳이야. 한 사람이 규율을 어기면 군 전체가 붕괴될 수도 있어. 나는 군의 상부에 있는 사람으로서 항상 부하 관리에 총력을 기울여야 해. 그리고 우리가 사는 이 사회도 그렇고. 모두가 엄격한 규율 아래 발맞춰 나가야 한다는 말이지. 그래서 나처럼 선택받은 사람이 규율을 어기거나 발을 맞추지 못하는 사람의 감시와 교정을 책임져야 하는 거라고. 알겠나?"

우리가 아무 대답을 하지 않자, 시바타는 다소 황홀감에 젖은 눈빛을 하고서 말을 이었다.

"너희들은 내가 미쳤다고 생각하겠지? 그러나 너희들이 잘못 생각하고 있는 거야. 이상한 건 너희들이지 내가 아니야. 난 엘리트라고. 그러니까 이 미친 사회를 정화해야 해. 남자들을 아무 거부감 없이 방으로 끌어들이는 요시무라 교코 같은 여자는 벌 받아 마땅하다고. 본보기로 말이야. 오늘날 사회가 얼마나 문란한지 보라고. 나이 어린 소녀들이 아무렇지 않게 몸을 팔고 있어. 도덕과 윤리를 가르치는 자가 없기 때문이지. 그러니까 더욱이 내가 나서야 하는 거야. 그리고 언젠가는 이 나라 전체에 우글거리는 불량 외국인들도 어떻게 해야겠지. 놈들 역시 사회를 좀먹는 원인 중 하나야. 놈들을 이 사회에서, 이 나라에서 몰아내야 해. 어떤가? 나와 같이 도덕과 윤리와 사회 정의를 위해 싸우지 않겠나?"

우리는 모두 반격할 말을 찾지 못해 허둥지둥 댔다. 우리는 삼류 고등학교에 다니는 얼간이지만, 옳고 그름 정도는 구별할 줄 안다. 그러나 언어가 모자란다. 그렇다 보니, 말을 찾는 동안 그럴싸하게 들리는 허울 좋은 말을 늘어놓는 놈들에게 휘말리고 마는 것이다.

시바타가 다시 입을 열었다. 그 입에서 교활한 말이 우리를 농락하기 위해 줄줄이 튀어나왔다.

"우리에게 필요한 것은 공공의식이야. 사회를 위해서, 나 자신을 헌신하는 마음. 이 나라 사람들이 옛날에는 공공의식이 참 풍부했어. 훌륭한 미덕을 갖추고 있었지. 그러나 그 미덕을 잃은 오늘날, 너희 같은 젊은이들이 이의를⋯⋯."

시바타가 거기까지 말했을 때, 내 옆에서 "으악!" 하는 소리가 터져 나와 시바타의 말을 가로막았다. 모두의 시선이 소리가 난 쪽으로 쏠렸다.

야마시타의 뺨에 거대한 모기가 앉아 있었다. 야마시타는 손을 휘휘 내저어 모기를 쫓으려 했다. 뺨에서 떨어진 모기는 윙윙 날아 이번에는 야마시다의 미리통에 앉았다.

폭소, 폭소, 폭소.

허리를 꺾고 땅바닥에 나뒹굴며 웃는 녀석도 있었다. 요시무라 교코도 배를 잡고 웃었다. 웃지 않는 사람은 시바타뿐이었다. 머리통 위에서 모기가 앵앵거리는 야마시타까지 모두가 즐거워하는 모습을 보고 웃는데, 시바타 혼자 우리 세계에서 소외되어 온몸으로 고독을 뿜어내고 있었다. 그냥 웃기만 하면 되는데. 불쌍한 인간이다.

위대한 야마시타 덕분에 우리를 속박하고 있던 언어가 흔적도 없이 사라졌다. 이번에는 우리가 입을 열었다.

"당신이 하는 말 그거, 텔레비전에 잘 나오는 뇌경색 걸린 정치가나 사회 평론가 급이군."

히로시가 말했다.

"아니면, 주로 아줌마들이 보는 주간지 기사급."

이번에는 가야노가 말했다.

"내용이 하나도 없잖아. 그럴싸하게 들리기만 했지 별거 없는 광고문구급."

이노우에가 내뱉듯이 말했다.

"나는 그런 말 안 믿어. 우리는 우리 눈으로 본 것만 믿어. 당신네들은 과거의 환상에 매달려 살면 그만이고."

순신이 돌보다 딱딱한 목소리로 말했다.

"그리고, 손잡이에 개똥같은 정액을 묻혀놓는 변태 아저씨가 무슨 그런 뻔지르르한 말씀을 하시는 겁니까?"

이번에는 내가 말했다.

"이만하면 된 것 같으니까, 경찰에 신고하지?"

아기가 휴대전화를 손에 들고 말했다.

내가 고개를 끄덕이자 시바타가 당황한 기색을 보이며 입을 열었다.

"잠깐, 내 말 좀 들어봐. 나도 어떤 의미에서는 피해자라고."

시바타가 요시무라 교코를 가리키며 말했다.

"저 여자가 면접 때 꼬리치면서 날 유혹했다고. 그래서 응했을 뿐이야. 물론 과한 점도 있었지만, 그냥 호기심에 그런 거였다고. 그러니까 이번 일은 그냥 눈감아줘. 잘못은 저 여자에게 있으니까……."

요시무라 교코가 아기 곁으로 다가가 손에서 휴대전화를 낚아챘다. 그리고 아무 말 없이 시바타를 몇 초 동안 노려본 다음, 손가락을 움직여 숫자 세 개를 눌렀다. 시바타는 포기한 듯 긴 한숨을 쉬었다.

요시무라 교코가 경찰에 사건 경위를 설명하는 동안, 시바타는 넥타이를 손에 쥐고 주절주절 혼자 중얼거리면서 반듯하게 다시 매기 시작했다. 바로 옆에 있는 내게는 그 중얼거림이 고스란히 들렸다.

"다들 죽여서, 이 미친 사회에서 해방시켜주려고 했는데…….

그러는 편이 행복할 텐데……."

넥타이를 다 맨 시바타는 얼굴을 들고 나를 보았다. 부릅뜬 눈이 양쪽 다 뻘겋게 충혈되어 있었다. 내가 친 게 어느 쪽이었더라?

멀리서 경찰차의 사이렌 소리가 울렸다.

시바타가 갑자기 자세를 바로 하더니 온 얼굴에 만족스러운 미소를 띠고 확신에 찬 목소리로 말했다.

"너희들이 이겼다고 믿고 있겠지? 하지만 너희들이 틀렸어. 반드시 제2, 제3의 내가 나타나서 내 의지를 이어받을 거야. 나와 뜻을 같이하는 동료들은 얼마든지 있다고. 너희들 중에서도 언젠가 우리 쪽에 붙을 자가 나타날 거고. 내, 목이 빠져라 기다리고 있지."

시바타는 마지막까지 오류를 범했다. 우리는 이겼다고 생각하지 않는다. 승자도 패자도 없는 싸움에 말려들었다는 허탈함을 느끼고 있을 뿐이다.

그렇게 우리는 범인을 잡았다는 성취감도 후련함도 없이, 그저 말없이 시바타와 대치한 상태에서 경찰차가 도착하기를 기다렸다.

14

토요일.

시바타를 경찰에 넘긴 지 3주가 지났다.

시바타를 취조하기 시작하자, 요시무라 교코 스토킹과 살인 미수였던 사건의 내용이 다른 양상을 띠기 시작했다. 시바타의 집에서 부인과 고등학생 딸의 시체가 발견된 것이다. 시바타는 살인 동기를 부인의 불륜과 딸의 음행을 벌하기 위해서였다고 진술했다. 시바타는 아마 정신감정도 받게 될 것이다. 과연 이상이 발견될 것인가.

그 외에도 쓰노다 상사의 면접서를 복사한 서류가 열 장이나 나왔다. 모두 여자, 그것도 미인들이었다. 면접 서류의 오른쪽 위에 숫자가 적혀 있었고, 요시무라 교코 서류의 숫자는 1이었다.

그러나 경찰이 '스토커 연속 살인 사건'으로 확대되었을 수도 있는 사건을 미연에 방지한 우리에게 감사를 표명하는 일은 없었다. 정말 완벽할 정도로 없었다. 경찰은 오히려 자기들 영역을 침범했다고 우리를 냉대했다. 물론 사건에 관해서도 함구령을 내렸다. 경찰은 '우연히 지나가던 학생들이 범인 체포에 협력했다.'고만 발표했다. 우리 역시 그 발표에 아무 불만을 품지 않았다. 까딱 잘못해서 영웅 대접이라도 받으면, 가을에 있을 세이와 여고 축제를 습격하는 작전에 지장을 초래할 수도 있기 때문이다. 안 그래도 망키가 두 눈에 불을 켜고 우리를 주시하고 있는데.

우리는 경찰서에서 일주일 동안 간단한 조사를 받았다. 그리고 '다음부터 유사한 사건에 연루되는 일이 있으면 신속하게 경찰에 신고하라.'는 엄명을 받았다.

쳇, 누가 그런 말을 듣는다고.

후후후.

사건은 그 비정상성 때문에 매스컴의 총애를 받았다. 그러나 고작 2주.

2주일쯤 지나자, 연일 있는 일 없는 일 다 들쑤셔 그럴싸하게 보도하던 매스컴은 마침 발각된 유명 배우 간의 교제로 노선을 바꿔 시청률과 발매부수 올리기에 열을 올렸다.

다음주면 또 새로운 뉴스가 발굴될 테지만, 그 역시 신선함이 소진되어 싫증나면 마침내 아무 일도 아니었던 것처럼 사람들 기억에서 사라질 것이다.

오늘 요시무라 교코가 보낸 텔레비전이 배달되었다.

사건을 해결해준 답례인 듯하다.

"나, 꼭 봐."

방송국 입사 시험에서 아나운서로 최종 합격한 요시무라 교코는 전화에서 그렇게 말했다. 나는 그런 일까지 당했는데 불특정다수의 눈길을 끄는 삶을 택한 요시무라 교코의 심리를 도무지 이해할 수 없었다.

"이상한 놈이 따라다니면 또 너희들에게 도와 달라 그러면 되지 뭐."

그 말에 대해서는 대답을 보류했다.

그리고 요시무라 교코는 아무런 보탬도 안 되는 '다구치 다링'과 결국 헤어졌다. 은근히 순신을 노리는 눈치던데, 순신은 요시무라 교코에게 전혀 관심을 보이지 않는다. 세상일이란 그리 쉬이 뜻대로 되지는 않나 보다.

애써 보내 주었는데 싶어서, 텔레비전을 켰다.

안테나 색을 잘못 꽂았는지, 아니면 다른 원인이 있는지 화면은 흔들리고 스피커에서는 찌직거리는 잡음이 흘러나왔다.

머리가 지끈거려 꺼버렸다. 까맣게 변한 화면에 내 머리가 비쳤다. '목줄'의 흔적은 없었다. 하지만 때로 목이 졸리는 꿈을 꾸고 벌떡벌떡 일어나곤 한다. 그러나 머지않아 그것도 반드시 극복할 것이다.

오랜만에 얼굴을 마주한 엄마가 한마디 했다.

"놀지만 말고, 이제 슬슬 진로를 생각해야지."

나는 애매한 웃음으로 넘겼다.

여름방학도 거의 끝나가고 있다.

15

일요일.

이번 사건 해결에 참가한 더 좀비스 멤버와 아기가 학교 옥상에 모였다.

저녁 6시가 조금 넘은 시간, 바람이 살랑살랑 불어 여름밤을 보내기가 한결 수월해졌다. 모두 내가 쏜 아이스크림을 빨면서 다양한 포즈를 취하고 있었다. 이번 사건에 관해 얘기하는 그룹, 갖가지 자위 방법에 대해 토론하면서 '오나니스트 오브 디 이어'를 뽑자는 그룹, 헤비급 역대 복서 중에서 누가 가장 센지를 놓고 옥신각신하는 그룹(무하마드 알리가 우세), 되도 않는 발음으로 비틀스의 노래를 부르는 그룹(레리삐 레리삐, 이런 식으로) 등등.

히로시, 순신, 가야노, 이노우에, 아기와 나는 별 말 없이 멀리 보이는 신주쿠의 고층 빌딩군을 바라보고 있었다. 빌딩 벽면에 설치된 빨간 점조등이 저녁노을빛을 받아 아주 예쁘게 반짝거렸다.

"낮에는 비석처럼 보이고 살풍경한데 말이야."

히로시가 고층 빌딩군을 바라보면서 툭 말을 뱉었다. 나는 히로시의 옆얼굴을 쳐다보았다. 왠지 두 볼이 움푹 패고, 눈에도 피로한 기색이 역력했다. 가만히 쳐다보고 있으면, 히로시의 얼굴이 점점 늙어 주름이 자글자글한 할배가 되어버릴 것 같아 무서웠다. 나는 시선을 고층 빌딩군으로 돌렸다.

"오랜만에 그 얘기 좀 해 봐."

순신이 히로시에게 말했다.

"무슨 얘기?"

야마시타가 물었다.

"이교도 얘기."

순신이 대답했다.

"난, 그런 얘기 들은 적 없는데. 무슨 얘기야?"

야마시타가 다시 물었다.

"잘됐네. 나도 오랜만에 또 듣고 싶다."

아기가 말했다.

히로시는 미소 지으면서 고개를 끄덕이고 입을 열었다.

"내가 오키나와에 살던 때 일인데, 옆집에 미군이 종종 놀러 왔어. 그 집에 여자 혼자 살고 있었거든. 아마, 그 여자 애인이었겠지. 그 군인이 여자 집에 놀러올 때마다 집 외벽에 달린 농구 골대에 슛을 하는 거야. 하루에도 몇 백 번씩 말이야. 마치 무슨 도라도 닦는 것처럼, 아주 열심히."

히로시의 낭랑한 목소리에 이끌리듯 여기저기 흩어져 있던 멤버들이 히로시 주위로 모여들었다.

"난 그 모습을 보는 게 좋아서, 조금 떨어진 담 위에 앉아 들어간 골 수를 세곤 했어. 그런데 어느 날, 군인이 내게 다가와서 몇 골이나 넣었느냐고 일본 말로 더듬더듬 묻는 거야. 내가 78골이라고 하니까, 그러냐면서 돌아갔어. 그런 일이 몇 번 계속되다 보니까 그 군인과 꽤 친해졌지."

어느 틈에 다들 모였는지, 모두 히로시를 중심으로 빙 둘러 앉아 있었다.

"이름은 리틀이고, 해병대 중사였는데, 내게 농구도 가르쳐 주고, 기타 연주도 들려주었어. 둘이 같이 제법 잘 놀았지. 아마 리틀 중사, 내게도 자기와 같은 피가 흐르고 있다는 걸 알고 잘 해줬을 거야."

무릎을 껴안고 앉은 녀석, 책상다리를 하고 앉은 녀석, 드러누운 녀석 모두 히로시의 얘기에 귀 기울이고 있었다.

"그리다 한 반년 정도 지났나, 슛을 넣다가 이제 그만 됐다 싶었는지 리틀 중사가 내게 와서 그러는 거야. 고향에 돌아가게 되었다고. 섭섭해 하는 표정이었어, 자기는 제대하고 그냥 오키나와에 있고 싶다고 하면서. 나는 리틀 중사의 말에 그냥 고개만 끄덕였지. 나와 리틀 중사, 담 위에 앉아서 축 늘어뜨린 다리를 흔들거리고 있었어. 한동안 아무 말 않고. 그러다 갑자기 리틀 중사가 옛날 이야기를 꺼내는 거야. 완벽하지는 않지만, 일본 말로 열심히. 그 옛날 이야기란 게 이런 거였어."

히로시는 천천히 심호흡을 하고 다시 얘기를 이어갔다.

"지금으로부터 그리 오래지 않은 옛날에, 어떤 왕국의 조그만 마을에 한 남자가 흘러들었어."

나는 히로시의 부드러운 억양에 살살 졸음이 왔다. 다른 멤버들도 아주 평온한 표정으로 히로시의 말에 귀를 기울였다. 끝없이 계속되리라 여겼던 이야기가 드디어 클라이맥스에 접어들었다.

"남자가 마을에서 70번째 맞은 일요일, 두 다리를 잃은 남자는 다시 광장에 모습을 나타냈어. 그리고 의자에 앉은 채 두 팔과 두 손과 양 손가락을 자유자재로 움직이면서 춤을 추기 시작했지. 그 춤이 사람들의 입에 회자되어, 이번에는 왕의 부하가 두 팔을 싹둑 잘라버리고 말았어. 그런데도 130번째 일요일, 남자는 머리를 매끄럽게 움직이면서 춤을 추었지. 그래서 끝내 왕의 부하가 남자의 목까지 쳐버리고 말았는데, 땅에 떨어진 남자의 머리통을 본 마을 사람들은 놀라서 비명을 질렀어. 남자가 리듬을 바꿔가면서 눈꺼풀을 감았다 떴다 눈으로 춤을 췄던 거지. 하지만 그 춤은 오래가지 못했어. 남자는 피눈물을 흘리면서 죽어갔어. 남자의 육체는 이 세상에서 사라져버렸지만, 남자의 춤은 마을 사람들의 입과 입을 통해 그 후에도 오래오래 전해져 내려갔대."

잠시 침묵이 흐르다, 야마시타가 말했다.

"그 왕하고, 왕국은 어떻게 되었는데?"

"나도 리틀 중사에게 같은 질문을 했어. 그런데 리틀 중사가, 왕과 왕국이 어떻게 되었는지는 중요하지 않다, 왕과 왕국에 대해서 얘기하는 것은 멋진 그림을 보면서 그림이 담긴 액자 얘기를 하는 것이나 다름없다, 그러는 거야."

히로시는 내가 지금까지 본 적 없는 부드러운 눈길로 우리를 쳐다보았다.

"그리고 리틀 중사는 내 머리를 쓰다듬으면서 작별인사를 했어. 너는 고된 인생을 살지도 모르겠다, 상처받아 좌절하는 일도 있겠지, 하면서. 그러나……."

우리는 세계와의 거의 완벽에 가까운 조화를 느끼면서 히로시의 마지막 말에 귀를 기울였다.

"무슨 일이 있어도, 끝까지 춤을 추는 거야."

마이너리티는 살아 있다

〈레벌루션 No.3〉는 2000년, 새천년이라고 온 세상이 떠들썩했던 그해, 일본의 재일동포 문단에 홀연히 나타나 만루 홈런 같은 시원한 소설 〈GO〉로 나오키 문학상을 거머쥔 가네시로 가즈키의 첫 작품집이다. 〈GO〉는 이듬해 영화화되면서 우리에게 다시 한 번 특유의 반항적 해학을 선사해 주었다. 작가의 정의를 빌리자면, 〈GO〉는 '나'의 연애담이고, 이번 작품집은 제목이 시사하듯 혁명을 위한 '나'의 모험담이란다.

뭍의 고도 같은 삼류 남자고등학교에 자생적으로 모인 한 모임이 있다. '나'를 비롯한 모임의 멤버들은 스스로를 '더 좀비스(The Zombies)'라 자처한다. 더 좀비스는 학력 사회에서 낙오

자의 길을 걸을 가능성이 다분한 소위 문제아들의 모임이다. 그들의 다른 이름은 '아메바(Ameba)', 즉 '단세포'이다. 덧붙여 '아메바'는 그리스어로 '변화'라는 뜻이라고 한다.

살아 있는 시체인 좀비스, 변화하는 단세포인 아메바. 이 두 가지가 이들의 정체성이다.

47명의 더 좀비스 멤버는 자신들이 걸어 다니는 시체에 지나지 않는다는 사회적 위상을 자각하고 있다. 그런 그들에게 어느 날 복음이 전파된다. 전도사는 생물 선생 요네쿠라. 그는 시체들에게 혁명을 일으켜보지 않겠느냐고, 이 세상의 유전자를 바꿔보지 않겠느냐고 도발한다.

그 복음에 자극받은 단세포 시체들은 저돌적으로 생각하던 끝에, 같은 학군 내에 존재하면서 특별히 공부 잘하고, 반듯하고, 정숙하고, 앞길이 훤히 열려 있는 성스러운 일류 여고생들과 단체로 짝짓기를 하는 것만이 혁명의 길이요, 이 세상의 유전자를 바꾸는 유일한 방법이라는 결론에 도달한다.

그리고 이제 모험이다.

47명의 걸어 다니는 시체들은 고교 시절 3년을 통해 그 여고의 축제날, 치밀하고 다양한 전략을 구사해 삼엄한 경계망을 뚫고 난입에 성공, 36명이 짝짓기에 성공한다. 물론 실패한 해도 있었고, 덕분에 한 달간 정학을 먹은 해도 있었다.

모험 와중에 더 좀비스의 리더 격이었던 히로시가 백혈병으로 세상을 떠난다. 그들은 한 달간의 정학기간과 방학을 이용, 막노동과 아르바이트를 하면서 돈을 모아 고등학교를 졸업하기 전 히로시가 묻힌 오키나와를 찾기로 한다. 이 짧은 여행길에는 36명의 짝은 물론, 외기러기의 짝까지 초대한다는 멋진 이벤트가 마련되어 있었다.

히로시의 무덤 앞에 선 그들. 대표로 나선 이 소설의 화자가 엄숙하게 한마디 하려는 순간, 이 세상에 태어나서 한 번도 듣지 못한 강렬한 폭발음이 그들을 혼비백산하게 한다. 그 소리는 오키나와 미군기지에서 날아오른 제트기가 초음속으로 들어서는 순간에 공기를 가르는 폭발음, 그러니까 소닉 붐이다. 사상 최악의 어리바리 사나이 야마시타가 오줌을 지릴 정도로 그 소리는 어마어마하고 낯설다.

다시 공항에서 그들은 기다린다. 저 멀리서 작은 점으로 다가오는 비행기를 타고 오키나와 공항에 내려설 36명의 짝과 11명의 임시 짝을. 두근거리는 가슴과 딱딱하게 곤추선 말초신경. 다가올 밤의 짜릿한 정경.

그런데 그들은 과연 얼마만큼 세상을 변화시켰을까?

아마도 1960년대나 70년대에 세상을 변화시키려는 의지를 품었던 10대 청소년이었다면, 그들은 친구의 무덤 앞에서 그들을 소스라치게 한 미군 제트기를 향해 반미의 투지를 불태웠을 것이다. 또는, 세상을 바꾸라는 복음을 듣는 순간부터 좌익과 우익으로 나뉘어 싸웠을지도 모르겠다.

그러나 히로시는 그런 투쟁 속에서 죽어간 열사가 아니다.

그저 학력사회와 도시라는 틀 속에서 해괴한 병으로 스러져갔다. 그리고 무엇보다 그들은 전투기 소음에 혼비백산하고 오줌까지 지리는 10대 소년들이다.

그러나 그들은 건강하고 귀엽다. 온갖 '노력' 끝에 짝지은 파트너를 기다리며 불끈 솟는 말초신경을 부끄러워하지 않을 만큼 육체적으로나 정신적으로나. 더구나 그들은 강력한 의지와 일관성 있는 행동력으로 짝을 쟁취하지 않았는가. 이것이 그들이 쟁취한 변화이며 혁명의 모습이라면, 이 학력사회는 짝을 찾으려는 건전한 욕망마저 억압하는 덫을 곳곳에 숨기고 있는 비뚤어진 사회는 아닐까.

그런 사회에 매몰되지 않고 밝음을 찾는 것이 바로 작중 화자가 말하고자 하는 혁명이 아닐까 싶다. 거창하지 않지만 최소한의 인간적 바람을 실현할 수 있는 현실성 있는 혁명 말이다. 그것은 작가가 고교 시절을 보낸 80년대에 공부 못(안) 하는 청소년이 꿈꾸고 실천할 수 있는 유일한 혁명의 모습이었을 것이다. 그리고 또 그것은 히로시의 고향인 오키나와 사람들이나, 재일 한국인 순신 같은 마이너리티가 스스로 살아 있음을 표현할 수 있는 방법이기도 하지 않았을까.

김난주
2023년

레벌루션 No.3

초판 1쇄 발행   2023년 5월 15일

지 은 이   가네시로 가즈키
옮 긴 이   김난주
펴 낸 이   한승수
펴 낸 곳   문예춘추사

편   집   이상실, 배민음
디 자 인   박소윤
마 케 팅   박건원, 김홍주

등록번호   제300-1994-16
등록일자   1994년 1월 24일
주   소   서울특별시 마포구 동교로 27길 53, 309호
전   화   02 338 0084
팩   스   02 338 0087
메   일   moonchusa@naver.com

I S B N   978-89-7604-584-3   03830